Boris Cyrulnik
entretiens avec Émile Noël

De la parole comme d'une molécule

Éditions Eshel

La présente édition a été entièrement
revue par les auteurs.

EN COUVERTURE : illustration Rémi Pépin

ISBN 2-02-023086-0
(ISBN 2-906704-30-X, 1re publication)

PRESENTATION

Neuropsychiatre, psychanalyste, Boris Cyrulnik s'intéresse à l'éthologie humaine depuis quelques années. Il a initié, avec une équipe transdisciplinaire du laboratoire de traitement des connaissances de la faculté de médecine de Marseille * une approche méthodologique d'observation et d'interprétation du développement humain ainsi que de la complexité des systèmes relationnels. Cette méthode fait apparaître l'interpénétration qui existe entre le fonctionnement biologique et la dynamique psycho-affective et relationnelle de l'être humain, notamment l'importance de l'influence des interactions langagières sur la biologie des interlocuteurs. D'où le titre proposé pour cet entretien, au cours duquel Boris Cyrulnik présente hypothèses, méthode et résultats. Il précise les raisons qui lui font placer l'épicentre de la «question» à l'interface du bios et du psy.

* Actuellement : groupe de recherches en éthologie clinique. Espace Gounod. Hôpital Toulon-La Seyne.

1
LA PHILOSOPHIE DU TROISIEME LIGNE

Vous êtes médecin, psychiatre, psychanalyste, certes on peut regrouper cela sous la même casquette. Mais vous vous êtes intéressé aussi à la psychologie sociale et, depuis quelques années, vous faites des recherches en éthologie, en éthologie humaine notamment, une discipline suffisamment récente pour qu'on puisse se demander si elle a pignon sur rue scientifique. Comment faites-vous la synthèse de tout cela ? D'abord, comment êtes-vous parvenu à cette recherche ? Il doit bien y avoir un peu de biographique dans cette trajectoire intellectuelle.

Oui, je suis aussi maître nageur, mais comme je n'ai pas réussi à faire carrière dans ce beau métier, j'ai dû faire médecine. Il y a nécessairement de la biographie dans la mesure où le développement de notre personne nous implique dans le choix de la manière dont on va agir dans le monde. Actuellement, avec la séparation des sciences issue du XIXe siècle, si l'on veut du pouvoir il faut savoir choisir sa discipline. Le bon choix permet d'entrer dans un réseau, presque sectaire, le réseau de la molécule parce que l'industrie en est porteuse, le réseau de la parole parce qu'il y a des sectes d'adorateurs de la parole (certains psychanalystes en font partie) c'est aussi un domaine porteur où l'on remplit un cahier de consultations et où on trouve des maisons d'édition. C'est que le moindre opuscule de psychanalyse est assuré d'un tirage confortable alors qu'un livre sur une nouvelle discipline de neuro-psychologie doit se contenter de tirages plus modestes. Tout cela fait partie du jeu du pouvoir.

Quand on se développe dans un milieu stable, la filière du pouvoir vous conduit à choisir d'emblée son club : la molécule, la parole, l'argent. C'est une stratégie payante, efficace. Si on a eu dans son enfance une biographie instable, dans des milieux changeants, très tôt, disons vers trois, quatre ou cinq ans, on prend conscience qu'il y a mille manières d'être homme et que chacune est porteuse de quelque chose. Mais le chemin de l'identité personnelle est plus difficile, le chercheur doit commencer par se chercher lui-même.

Quand on est issu d'un milieu stable, l'identité se met en place précocement, on a une représentation du monde, celle de sa famille ou de son milieu, une sensation de vérité et c'est... économique, voilà le mot que je cherchais.

Dans l'autre cas, on est obligé d'aller chercher dans des tas de milieux différents comment pouvoir se développer. C'est probablement quelque chose comme cela qui m'est arrivé. C'est très coûteux en efforts intellectuels, affectifs, physiques même mais, devenu adulte, on se rend compte qu'on s'est donné une formation que j'appelle la formation du troisième ligne.

C'est-à-dire ?

Vous avez joué au rugby ?

Oui, j'étais trois quarts aile, trop léger pour être troisième ligne.

Voilà. A vingt ans je pesais quatre-vingt-dix kilos, donc j'étais troisième ligne. C'est-à-dire celui qui doit être assez lourd pour jouer avec les bestiaux de devant, assez rapide pour courir derrière les trois quarts et assez habile pour suppléer à l'habileté du demi de mêlée ou de l'arrière. Ce qui fait qu'à la fin de la partie, il a mis son nez dans tous les compartiments du jeu, et c'est lui qui sait le mieux ce qui s'est passé. Quand il a poussé avec les avants, il est tombé sur des bestiaux de cent-dix kilos alors qu'il n'en pèse que quatre-vingt-dix, quand il a couru avec les trois quarts, il était derrière des gazelles plus rapides, quand il a joué avec le demi de mêlée ou l'arrière, il avait affaire avec des singes plus habiles, il a donc été dominé dans tous les compartiments ; n'empêche qu'à la fin c'est lui qui détient l'éventail de connaissances le plus riche.

Vous voulez dire que le rôle du troisième ligne illustre assez bien une démarche synthétique ?

Il me semble. J'en parlais avec un ami indien qui m'a dit : «Dans notre culture, nous n'avons pas le rugby mais nous avons les éléphants. Certains prétendent que pour connaître l'éléphant, il faut collectionner les détails. D'autres pensent qu'il faut prendre du recul et l'observer dans son ensemble, comme votre troisième ligne d'une certaine façon.» Cet ami ajoutait : «Celui qui a collectionné mille queues d'éléphant, mille trompes, mille défenses est analytique, n'est-ce pas ? Eh bien, je crois qu'il ne connaît pas mieux l'éléphant que celui qui d'un seul regard n'en a vu qu'un seul durant sa vie.»

C'est vrai que notre Occident triomphant a pris le pouvoir par l'analyse et qu'il a un peu perdu la synthèse.

Ainsi, des instabilités du début de la vie auraient provoqué chez vous le désir de chercher dans la pluridisciplinarité le moyen de se construire. Derrière cet intérêt pour la synthèse, il y aurait le besoin de se constituer une stabilité qui a manqué au départ. C'est cela ?

Exactement.

Bon. Vous venez d'expliquer comment on devient un chercheur «synthétique». Mais il y a un désir sous-jacent, plus initial : celui d'être chercheur tout court. Après tout, sur terre, parmi les humains, il n'y a pas que des chercheurs.

Bien sûr. Mais pour répondre à cette question, il faut dire «je». Il faut que je dise un peu «je» ?

Un petit peu, oui.

Disons qu'il n'y a rien de mieux que le manque de famille pour enraciner dans le psychisme le désir de famille. Pour dire, comme André Gide, «famille je vous hais !» , il faut pouvoir dire «famille je vous ai». Quand on a une difficulté d'identification par manque de famille ou enfance ballottée — c'est le terme habituel — il y a au moins deux stratégies possibles. La première, c'est la recherche de l'indifférence affective. On trouve cela chez certains adultes qui ont été des enfants instables. Ils se protègent de la souffrance en travaillant l'indifférence affective. Je ne souffre plus, j'ai sectionné la partie douloureuse de moi-même.

L'anesthésie.

Oui. C'est le mot qu'emploient souvent ces adultes-là. L'anesthésie intentionnelle est une forme d'amputation. C'est coûteux, c'est dommage. La recherche du bénéfice de l'amputation n'est pas une démarche très épanouissante.

L'autre stratégie ?

Chercher à comprendre. Si on vit dans un milieu stable, la compréhension tombe du ciel. On prend ou on combat les valeurs de son milieu, mais on a toujours un milieu de référence. Adorateur ou haïsseur le plus haineux de son père, le père reste une référence. Ce peut être douloureux au point de vue relationnel mais c'est facile au point de vue de la construction d'identité. On a le plus souvent une carrière toute tracée. Une enfance instable oblige à tâtonner pour «contrôler» l'adversaire. C'est un mode tranquillisant : chercher à comprendre l'agresseur, c'est la première défense de l'enfant agressé. Ce qui pourrait expliquer pourquoi les enfants maltraités sont si gentils avec leurs parents maltraitants. Ils cherchent à comprendre. Ils deviennent attentifs. On voit cela chez tous les enfants bousculés.

Chercher à mieux maîtriser la situation agressante est une démarche constructive qui peut expliquer aussi pourquoi on a envie de chercher.

En vous écoutant, je me regardais dans une glace. J'ai été orphelin de père très jeune, et j'ai conscience qu'un certain nombre d'hommes, qui ont traversé ma vie, représentent des «morceaux» de père avec lesquels j'ai reconstruit une façon d'image paternelle. Mais j'ai en même temps le vécu d'être un sans père. Je ne sais pas si cela illustre ce que vous voulez dire.

Tout à fait. Je pourrais répéter vos propres paroles.

Je n'ai pas eu de famille, j'ai donc été obligé de m'en fabriquer une. Ce désir de famille s'est enraciné en moi, j'en ai fabriqué une dans le réel, mais j'ai aussi été obligé de me fabriquer une famille fantasmatique.

Moi aussi, j'ai eu plusieurs «morceaux» de père, et c'est peut-être pour cela que je suis devenu troisième ligne. D'ailleurs, l'un de ces pères, qui était un mathématicien surdoué, donc scandaleux, jouait au rugby. Un autre était marchand forain et j'ai payé une partie de mes études de médecine en vendant sur les marchés, etc. Chaque «morceau» m'a apporté une vision différente de l'homme. Donc, j'ai réussi à me faire un père synthétique fait de rugby, de science, de débrouillardise, de pamphlet politique... On a finalement eu un père parce qu'on a été l'extraire du milieu qui nous environnait et qu'on se l'est construit. C'est peut-être cela la véritable fonction du père, d'être dans la synthèse, dans la parole, dans le social, dans l'imaginaire. S'il est réel, il est plus proche de la fonction maternelle.

En effet, quand je parlais de pluralité de pères, je ne faisais en aucun cas allusion à d'éventuels compagnons de ma mère, ni pères ni beaux-pères. Pas du tout. Il s'agissait de personnes étrangères.

Bien sûr. Tout à fait. Le père c'est autre chose.

Il s'agissait bien d'une construction fantasmatique et synthétique. On voit apparaître là une certaine cohérence dans deux processus de construction de modes de pensée. L'un issu d'une enfance stable qui vous mène, par identification ou rejet, vers une carrière spécialisée requérant plutôt une pensée analytique. L'autre, issu d'une enfance bousculée qui oblige à se construire une famille et qui mène à une pensée plus synthétique. Il serait intéressant de savoir si une approche statistique confirmerait ou non cette assertion : chercheurs analytiques issus de familles stables et chercheurs synthétiques de familles instables.

C'est une question très stimulante. On devrait s'y mettre dès demain matin. Je n'ai pas fait ni lu de travaux là-dessus. Mais je sais que très souvent les orphelins sont des inventeurs, des inventeurs de mondes. Ou bien ils sont abîmés, détruits par absence de famille, ou bien, s'ils arrivent à extraire de leur milieu suffisamment de nourriture psychique (psychologique et sociale) pour se développer, ils deviennent des adultes créateurs. N'ayant pas eu d'empreinte, de modèle, de canaux sociaux et affectifs, ils ont été obligés de tout se construire eux-mêmes, devenus ainsi inventeurs de mondes... Moïse, le Christ... parmi les plus connus. Mais plus proches de nous, beaucoup d'artistes et de scientifiques sont des inventeurs de mondes, derrière quoi on retrouve souvent le désir de contrôler, de comprendre ce qui échappe.

Chez beaucoup de chercheurs, il y a un aspect autistique. Je ne dis pas psychotique, mais autistique, c'est-à-dire un peu refermé sur soi. Ce qui correspond au désir de se recomposer un monde. Tandis que ceux qui ont connu des milieux stables deviennent ce que j'appellerais des chercheurs idéologiques. Cela existe aussi dans les démarches scientifiques. On voit beaucoup de scientifiques qui, en fait, n'ont pour ambition inconsciente que de confirmer la théorie, la thèse du milieu, que je nommerais la thèse du père, père réel ou père universitaire, directeur de laboratoire, père politique ou encore père fantasmé. Ils ont alors tendance à utiliser leur méthode au service de cette attitude fantasmatique. Pour eux, la méthode scientifique, à partir d'un a priori théorique, n'a pour fonction que de confirmer l'hypothèse. Cette démarche est idéologique et non pas scientifique, laquelle doit plutôt, me semble-t-il, chercher la surprise.

En science, une hypothèse n'est jamais prouvée. On peut l'éprouver, mais aucune confirmation ne peut prétendre qu'elle en apporte la preuve définitive.

Tout à fait. Mais il y a le risque de la méthode de la preuve par l'épreuve. Quand une hypothèse ne plaît pas, elle n'appartient pas au domaine de la science. On est dans le fantasme, dans la poésie. On l'enlève de son système de pensée. Au départ d'une hypothèse, il y a un éprouvé qui n'a rien à voir avec l'objectivité, c'est au contraire une démarche éminemment subjective, enracinée probablement dans notre inconscient.

L'équipe avec laquelle je travaille réfléchit de plus en plus sur ce que je propose d'appeler le contre-transfert de l'objet de science. Car même lorsque l'objet de science, l'objet de laboratoire, est épuré, théoriquement neutre, eh bien, même à ce moment-là, il déclenche en nous un éprouvé, une émotion qui va induire des réactions de fuite, d'hostilité, de confirmation, d'amour, etc. Dans l'homme de science, il y a la science, bien sûr, mais aussi l'homme, avec un inconscient, une histoire, un contexte culturel. Même les mathématiques ou la physique, théoriquement inaffectives, ne peuvent faire l'impasse sur l'organisation d'un inconscient. Il faut une réponse ou une explication à la non-réponse, sinon l'angoisse guette, d'où des explications forcément rationalisantes pour justifier l'émotion.

Mais vous ?

2
REMETTRE EN CAUSE L'OBJET DE SCIENCE

Moi ? Oh ! l'objet de science, je le mets fortement en cause ! Quand on observe un enfant abandonné ou sans famille, alors qu'on a été soi-même un sans famille, je ne sais pas si on peut soutenir que l'enfant est un objet de science. Cet enfant, face à moi qui cherche à être scientifique, déclenche des émotions qui font écho dans mon histoire, mon organisation inconsciente, mes défenses… et cette émotion va induire chez moi des attitudes, des comportements, des pensées que l'enfant va percevoir et interpréter à son tour. Transfert, contre-transfert circulent dans les deux sens. Il n'y a plus du tout d'objet de science mais plutôt ce que je propose d'appeler un objet de signes.

Dès le premier contact, l'observation se transforme en relation qui se complexifie. La réaction de l'enfant provoque en vous une réaction qui provoque chez l'enfant en retour, etc. C'est une espèce de spirale.

Vous m'enlevez le mot. C'est l'expression que je propose de défendre dans un prochain colloque.

Mon intervention va s'organiser autour de ce que j'appelle une spirale de signes.

Vous citiez tout à l'heure les mathématiques, la physique, parmi les matières les plus objectives, mais ce sont des domaines où l'on parle le plus volontiers d'une belle théorie, d'une démonstration élégante. On y utilise des termes d'esthétique pour qualifier un travail réussi.

Le sentiment esthétique est un éprouvé. C'est plus proche de l'émotion que de l'affectivité. C'est vrai que les mathématiciens parlent du sentiment esthétique qu'ils éprouvent devant une belle formule ou une élégante démonstration. Je crois que les matheux sont des Martiens, mais ils sont aussi des hommes. On parle de sciences humaines, comme s'il pouvait y avoir des sciences inhumaines ! S'il y a une science, elle est forcément humaine, qu'elle s'adresse à une molécule, à une forme mathématique ou à un objet de signes comme ce à quoi je faisais allusion plus haut. De toute façon, un scientifique est forcément un homme.

Là, vous jouez un peu sur les mots. On qualifie de sciences humaines celles dont l'objet est l'étude de l'homme. Mais il est vrai que le scientifique a tendance à se mettre hors champ, alors que même quand on observe un objet inanimé, l'observation interagit avec l'objet.

Tout à fait. Les scientifiques depuis Newton prétendaient observer le monde comme si l'observateur n'avait pas de position. Or maintenant on sait que la position de l'observateur organise sa perception du monde. L'étude des comportements neurophysiologiques ou des comportements signifiants est contrainte de prendre en compte l'intervention de l'observateur. En faisant une simple recherche de molécules sur un sujet, l'observateur participe à la modification du métabolisme, il modifie la sécrétion de l'autre. Donc l'observateur participe à la création de ce qu'il observe. Ce qu'on perçoit révèle en fait la manière dont on est structuré pour percevoir le monde.

Ce que vous dites est-il conciliable avec une pensée réaliste ? Je me souviens d'un entretien que j'ai eu avec Michel Serres qui me disait en substance : «Le réalisme c'est dire que, même s'il n'y a pas de Bédouins dans le désert, il y a quand même des fleurs des sables dans le désert. Par exemple, je suis réaliste, mais je ne pourrais jamais démontrer que j'ai raison.» (1) *Comment concilier le fait qu'on croit à l'existence du monde en dehors de nous et celui que la perception que nous en avons est nécessairement subjective parce que le produit d'interactions. Comment faire la synthèse de ces deux aspects apparemment contradictoires ?*

On en revient par là au début de notre conversation, à la manière dont s'enracine dans l'inconscient, au cours du développement, le comportement de recherche. Pour certains enfants, dès que leur mère s'absente, elle n'existe plus. Pour qu'elle existe, elle doit être perceptible. Dès qu'elle quitte la pièce, elle quitte le monde. C'est un trouble du développement de l'affectivité. Souvent ces enfants deviennent des penseurs abstraits qui réussissent des performances suffisamment bonnes pour être chercheurs. Ce type de personnalité peut très bien tenir le discours suivant : si je ne suis pas là pour percevoir telle chose, tel phénomène, cette chose, ce phénomène n'existe pas. On entend des propos semblables en psychothérapie. Ces gens, je vous l'ai dit, peuvent réussir des performances intellectuelles de très haut niveau, mais leur manière de penser restera liée à cette forme archaïque. A l'opposé, la plupart des enfants, dès l'âge de six à huit mois, attribuent à un objet une fonction symbolisant la mère absente. Ce sera un jouet quelconque, un chiffon, le nounours : la doudoune.

C'est l'exemple du Fort-Da *que Freud a mis en évidence : cette bobine au bout d'une ficelle que l'enfant jette en disant* Fort *qui signifie partie et qu'il tire à lui pour la faire revenir en disant* Da *qui veut dire voilà.*

Oui. C'est une manière de penser qui s'élabore très tôt et qui témoigne du développement de la personnalité.

Cela est élaboré, dites-vous entre six et huit mois. Mais alors, peut-on dire que ces gens dont vous parliez, dont cette fonction imaginante s'est bloquée, sont, de ce point de vue restés à l'âge de 8 mois ?

Je ne sais pas. Ce genre d'adultes, je n'en ai pas souvent rencontré. Je les ai surtout fréquentés dans les livres. Vous savez, on est soumis à une multitude de pressions, venant autant de contraintes intérieures qu'environnementales. On se développe comme on peut. La construction d'une personne peut effectivement entraîner ce qu'on appelle dans notre jargon des dysharmonies évolutives. Certains plans de la personnalité se développent très bien, parfois même trop bien, alors que d'autres se bloquent. On voit cela notamment chez les matheux surdoués. Très tôt, ces enfants font des performances mathématiques extraordinaires, mais chez eux le plan de la parole prend du retard. Avec l'âge, les performances mathématiques diminuent, ils compensent en rattrapant le développement de la parole. Il y a des phases homéostasiques dans le développement de la personne. Ainsi, lorsqu'il y a une dysharmonie évolutive, certains plans du développement se trouvent bloqués, ce qui permet, par compensation homéostasique, à d'autres plans de réaliser des performances. Notre système scolaire et social valorise les performances extraordinaires, les repère et les favorise. Mais ces gens-là sont souvent des dysharmoniques évolutifs.

Je ne sais si c'est légende ou réalité : on dit qu'Albert Einstein avait inquiété ses parents parce qu'il avait parlé très tard.

Un de mes pères, le matheux surdoué dont je vous ai parlé, n'a commencé à parler qu'à l'âge de cinq ans. Il m'a peut-être permis de comprendre cela. Il m'expliquait que la compréhension mathématique est plus proche d'une perception sensorielle, de l'illumination intérieure, de l'insight dit-on maintenant, que d'une pensée rationnelle. C'est ensuite seulement qu'il devait traduire cette perception en langage mathématique. La compréhension était subite, fulgurante — il utilisait le mot — et ensuite il mettait des heures ou des jours à trouver le langage qui permettait la démonstration de ce qu'il avait compris dans la fulgurance.

Beaucoup de mathématiciens parlent d'êtres mathématiques,

abstraits, comme ayant une existence en soi. Il y a d'ailleurs un débat entre Alain Connes et Jean Pierre Changeux (2) *sur ce sujet. Celui-ci semblant dire que le cerveau sécrète ces êtres mathématiques, Alain Connes lui rétorquant : ces êtres mathématiques existent, je me suis heurté à eux.*

Je penserais plutôt comme Changeux, mais je comprends ce qu'Alain Connes veut dire dans *Matière à pensée* — le titre est joli — puisque ce fameux père matheux m'expliquait cela presque mot pour mot.

Alors qu'est-ce qui vous fait pencher du côté de Changeux ?

Il est neurobiologiste, il sait que ce que l'on perçoit du monde extérieur dépend de l'organisation de notre cerveau. Moi, je suis neurologue clinicien, je sais que lorsqu'un accident altère certaines zones du cerveau, cette aptitude aux mathématiques disparaît instantanément. Cela signifie que les perceptions mathématiques auxquelles s'est heurté Alain Connes dépendent de l'organisation de son cerveau. S'il avait développé une affectivité qui lui aurait permis de mettre en place précocement, par exemple, une relation de parole, il n'aurait pas développé la même perception mathématique. Il dit qu'il rencontre ces êtres mathématiques, en fait, il s'est développé d'une manière qui a organisé son cerveau pour rencontrer ces êtres-là.

Mais même si ses fonctions cérébrales n'étaient plus en mesure de les percevoir, d'autres cerveaux le seraient.

Le fait qu'on ne puisse percevoir ces êtres mathématiques que si notre cerveau est en mesure de les percevoir, ne signifie pas qu'ils ne peuvent pas avoir éventuellement une existence propre. Même si aucun Bédouin n'y passe, il y a quand même des fleurs des sables dans le désert.

Bien sûr. On peut dire cela.

Je sais bien que c'est un débat dont on ne sort pas. Puisque nous n'accédons qu'à notre perception du réel, toute discussion sur la nature de ce dernier est métaphysique.

Métaphysique et biologique. C'est vrai que si vous ne percevez pas tel être mathématique, un autre le percevra. Mais c'est vrai aussi que notre perception sélectionne déjà les informations, organise la structure du monde en fonction de notre propre organisation neurologique et historique. Donc, on peut faire l'hypothèse qu'on ne perçoit que ce qui est, qu'une partie de ce qui est, mais on la perçoit à notre manière.

D'où les nuances d'appréciation.

Et comme les matheux sont des Martiens, ils percoivent peut-être les fleurs des sables.

Eux, ils n'ont pas besoin de l'épreuve de l'expérience.

Voilà. Alors que dans la spirale de signes que je propose, nous avons besoin de l'éprouvé. C'est sur lui qu'on travaille. C'est le transfert qui est objet d'étude. Chacun analyse le contre-transfert que provoque en lui le contre-transfert de l'autre. On quitte l'objet essentiel du mathématicien, l'objet pur du scientifique, l'artefact du laboratoire pour entrer dans le domaine des signes. C'est moins essentiel, moins pur, plus sensoriel mais aussi plus vivant. Encore une fois, la philosophie du troisième ligne : on est moins performant que chacun d'entre eux mais on a la vision la plus sensible.

(1) Noël E. (éd.) : *La Matière aujourd'hui*, Le Seuil, coll. « Points Sciences », Paris, 1981, p. 239.
(2) Changeux J. P., Connes A. : *Matière à pensée*, Odile Jacob, Paris, 1989 et coll. « Points Odile Jacob », 1992.

3
LA SPIRALE DE SIGNES

Maintenant, j'ai besoin de quelques précisions. D'abord, tout à l'heure j'ai remarqué que vous faisiez une différence entre émotion et affectivité : quelle en est la nature ? J'imagine un lien entre émotions et sensations et entre sensations et affects.

L'émotion nous remue profondément. Elle s'exprime par des indices qui échappent de notre corps. C'est un rebut, un remue-ménage intime, qui est en effet proche de la sensation et qui appartient à la famille du sentiment, alors que l'affection appartient à un registre plus élevé. Pour transmettre de l'émotion, il faut qu'il y ait une matérialité de la communication, incarnée dans la sensorialité. Pour qu'il y ait affectivité, il faut être affecté par la coprésence, les regards, des objets sonores, une vocalité, des gestes, des postures, la parole ou la mémoire. Le transport affectif déclenche alors, par les canaux sensoriels, une émotion en l'autre qui pourra réagir par un changement de posture, de regard, un mouvement d'énervement... Il va ainsi à son tour émettre des signes communiqués par les fluctuations de son affectivité.

Donc, l'affectivité est une élaboration d'émotions.

Un transport.

Pas seulement. Dans l'échange affectif, les émotions sont élaborées en signes compréhensibles. On pourrait dire que les émotions sont la matière première de l'affectivité.

Presque. Oui. Quoique en fait, je tienne à cette idée que l'affectif coïncide avec la matérialité de la communication. L'émotion, je l'ai dit, c'est un remue-ménage intime. Elle s'accompagne d'indices biologiques : on rougit, on pâlit, le cœur s'accélère, la bouche s'assèche, on sue des mains, on tremble. On ne peut pas en prendre conscience en temps réel. Il faut un petit recul : se regarder sur une image, repenser à ce qu'on a vécu, le revoir dans son monde intérieur ou, au contraire, le parler dans son monde interpersonnel. C'est ce recul qui permet d'élaborer une émotion et, à ce moment-là seulement, effectivement de la communiquer. Dans l'affectif, il y a une intention d'échange alors que l'émotion est un séisme qui reste au niveau biologique.

Mais ce mouvement intime est tout de même le matériau sur lequel se fonde l'élaboration de l'expression, par la parole ou tout autre moyen approprié, dans une relation qui peut provoquer chez l'autre une émotion en retour.

Absolument.

Il y a donc une interpénétration étroite entre le commerce affectif et les interactions émotionnelles.

Si notre travail actuel est pertinent, il montrera que l'intersubjectivité est observable, et que cette observation n'est pas due à une transmission de pensée désincarnée. Vous avez parlé de commerce affectif, eh bien, cet échange repose sur une certaine matérialité qu'il suffit de repérer.

En d'autres termes, des signes tangibles qu'il faut savoir décoder. Une approche scientifique de ce système n'a rien à voir avec la télépathie.

Absolument rien. Il y a une matérialité de la communication dont on peut faire un objet de science… de signes plus exactement.

Ici, j'ai envie de vous demander quelque chose que vous avez le droit de me refuser, bien entendu. Une personne humaine, c'est une intrication, pour ne pas dire un entassement, de niveaux différents : le biologique, l'émotionnel, le psychologique, etc. Est-ce que l'idée d'une carte représentant cette composition est pertinente ?

4
UNE REPRESENTATION DE L'HOMME

C'est une représentation de l'homme que vous demandez. On pourrait reprendre l'hélice chromosomique. En bas, il y aurait les objets abstraits du mathématicien, les lois essentielles qui sont probablement les lois cosmiques. Au-dessus, on entre dans une organisation de la matière, les éléments encore à l'état d'atomes. En montant, on verrait les atomes commencer à s'associer. Le complexe apparaît qui échappe déjà un peu aux lois générales essentielles pour une organisation plus partielle, spécifique. Plus haut dans l'hélice, on arrive à l'objet purifié des scientifiques, dans les conditions méthodologiques décidées de laboratoire destinées à mesurer l'effet de notre perturbation sur l'objet-matière étudié. Si l'on veut avoir de l'argent, il faut dire qu'on appartient à un laboratoire. Il faut employer le mot magique de molécule, si l'on veut faire tomber la monnaie.

On sort un peu de notre sujet.

Pas tellement. Bon. Continuons à monter. Désormais, on quitte l'objet-matière organisé, purifié par le scientifique et on entre dans le domaine du signe, dans le *bios*, dans l'échange, le lien, l'affect. Ce ne sont plus des atomes qui se combinent mais des organismes constitués qui se mettent à vivre ensemble : des cellules, des éponges, des méduses qui se coordonnent pour vivre ensemble, côte à côte ou à distance, avec entre eux le lien de la sensorialité, odeurs, cris, mouvements… Chez les animaux la communication devient signifiante. C'est un signifiant encore biologique mais c'est un signifiant. Ce n'est déjà plus le simple stimulus-réponse mais un message perçu et interprété par l'autre animal et qui provoque en lui une adaptation comportementale qui, à son tour, modifie l'animal émetteur. Désormais, le liant n'est plus constitué d'éléments simples mais complexes, organisés et signifiants. Enfin si l'on monte encore, on arrive à l'homme où la communication se complexifie considérablement, avec cette fantastique mutation qu'est l'accès à la parole. Avec la parole l'homme change d'univers biologique, psychologique et mental. L'homme change d'univers et change l'univers. Le fait de parler me permet d'évoquer un problème qui m'a fait souffrir il y a vingt ans et d'en pleurer aujourd'hui. Je peux provoquer en vous un problème qui n'arrivera que dans dix ans et déclencher ainsi une angoisse pour un problème totalement non présent. On arrive au domaine psychanalytique, noétique et, pourquoi pas, spirituel où la parole n'a plus beaucoup à voir avec le biologique. On est en haut de la spirale.

La description que vous venez de faire est de type phylogénétique. Mais si l'on prend une personne humaine adulte en fonc-

tionnement, elle peut être décrite à plusieurs niveaux. On parle fréquemment du plan physiologique, affectif et intellectuel.

On reproche quelquefois à notre approche d'être un peu comme la tour de Babel. On nous dit : Dans la tour de Babel, les langages sont tellement mêlés que dans une même phrase on rencontre des mots de langues différentes et la phrase perd son sens, l'individu disparaît. Un individu, un langage. C'est une idée qu'on peut retenir. A fonctionner dans la spirale de signes, on risque de se «babéliser». Pour éviter cela, il faut faire comme le troisième ligne, j'y reviens, aller dans les différents compartiments de jeu mais rester ce qu'on est. Donc ici, rester soi-même, avec son histoire, son langage, sa formation pour rencontrer quelqu'un d'un autre niveau dans la même spirale de signes. L'important c'est l'interface. En restant ce que je suis, je tente d'échanger avec un autre qui reste ce qu'il est. Et de cette interface jaillissent des tas d'idées très stimulantes. Il faut de la différence pour faire un enfant. Il faut un homme et une femme, des organisations biologiques et psychologiques différentes, pour que puisse naître non seulement un petit corps mais un esprit, une parole, une pensée abstraite. La pensée naît de la différence. Si on reste entre nous, c'est le danger inverse de Babel qu'on risque : la langue de bois, la litanie, la récitation. Or, la physiologie nous montre que lorsqu'une information se répète indéfiniment, elle n'informe plus. C'est ce qui se passe quand les systèmes deviennent trop idéologisés. On finit par s'engourdir, dans les sectes de religion profane qui se développent actuellement : les adorateurs de la molécule, les adorateurs de la parole, les adorateurs du social. Ce n'est plus la peine de parler avec eux tant on sait ce qu'il vont dire, les mots qu'ils vont utiliser, les exemples qu'ils vont citer. Il faut donc essayer d'éviter ces deux excès contraires : Babel et la langue de bois. L'un et l'autre ont pour fonction d'empêcher de comprendre. En restant où je suis, moi, mathématicien, je peux accepter de rencontrer quelqu'un qui se situe ailleurs dans la spirale en littérature, en travail manuel. De cette rencontre naîtront des idées nouvelles. Je suis biologiste, je peux rencontrer un psychanalyste ou un sociologue. De notre rencontre pourront naître des concepts comme des enfants.

5
PLURI- OU TRANSDISCIPLINAIRE ?

Est-ce que ce n'est pas cela, la pluridisciplinarité, ou la transdisciplinarité peut-être ?

Oui. Idéalement, on devrait être pluridisciplinaire. Mais il faudrait apprendre toutes les langues. On n'y arriverait pas. Cette mégalomanie, au fond, rejoint Babel. En permettant la rencontre entre deux personnes de disciplines différentes qui gardent leur langage, on est plus proche de la transdisciplinarité.

C'est très intéressant, mais vous n'avez toujours pas répondu à mon interrogation concernant la structure de la personne.

Vous trouvez que je réponds d'une manière trop surgénétique, pas assez autogénétique.

Je ne sais pas. Mais j'aimerais savoir si les trois plans que j'ai cités — physiologique, affectif, intellectuel — sont à la fois suffisants et pertinents, et si on peut expliquer à partir de leur articulation un fonctionnement harmonieux . On pourra parler ensuite de l'intersubjectivité.

Je ne sais pas si on peut séparer la personne de sa vie relationnelle. Si je reprends ma spirale appliquée à la personne, je peux l'observer à différents niveaux. Un biologiste peut la considérer sous son aspect moléculaire ou métabolique. Cela donne des performances biologiques très intéressantes. A un autre niveau de la spirale, je peux étudier l'anatomie ou le comportement de l'autre-objet-de-science, le disséquer ou observer son comportement comme s'il ne déclenchait pas d'émotion en moi. Je peux aussi considérer l'autre au travers de l'effet qu'il me fait. Ici, je retrouve l'interaction de signes que j'évoquais tout à l'heure avec l'enfant qui réactivait en moi des souvenirs personnels. Ainsi, l'enfant observé et l'adulte observateur deviennent co-auteurs de l'observation. Une démarche de ce type postule que l'homme seul ne peut devenir homme. Je ne peux devenir moi-même que si j'ai un autre pour me développer, éveiller mes émotions, mes affects. Réciproquement, l'autre ne peut pas vivre sans moi. Cela veut dire qu'en clinique, une bonne description du tableau exigerait que chacun des deux prenne la parole. Habituellement, seul l'observateur a la parole, c'est le scientifique, le philosophe, le médecin qui établit le tableau. Or, l'observé observant l'observateur devrait pouvoir dire lui aussi : voilà l'effet que m'a fait ce scientifique quand il m'a pris pour objet de science, l'effet que m'a provoqué ce médecin quand il m'a examiné, ce psychanalyste quand il m'a enjoint de parler de moi sur le divan.

Des syndromes comme l'hospitalisme, par exemple, attestent de façon très forte cette assertion qu'on ne peut se construire sans la présence interactive de l'autre. Comment se constitue la pensée, la conscience ? Encore une fois, il y a une réponse biologique, affective, psychosociologique et…pourquoi pas, métaphysique.

La spirale de signes peut proposer une mise en cohérence.

Un enfant seul ne peut pas penser. Il ne peut le faire que s'il perçoit sensoriellement une différence. Il s'individualise dans la différence entre sa mère et lui, sa mère et son père, sa mère et l'environnement, lui et l'environnement : c'est cette sensation de différence qui fait naître la pensée. L'hospitalisme dont vous parliez nous montre un enfant pour qui le seul objet perceptible du monde extérieur, c'est lui-même. Cela s'observe en termes de comportement : on voit l'enfant éviter le regard, se centrer sur lui-même, se prendre la tête, s'attraper les épaules, se balancer, se masturber, sucer son pouce…

Le seul monde extérieur, c'est lui-même. Il ne peut pas penser. Cet enfant là n'a pas accès à la parole. Il a neurologiquement, biologiquement tout pour parler mais il lui manque l'inducteur extérieur dans la spirale, l'attracteur : une mère, un père, un compagnon, une différence.

Est-ce que cela ne nous invite pas à penser la science autrement, la biologie notamment ?

Le XIXe siècle nous appris à raisonner sur l'être isolé, objet de science. La biologie c'est celle de l'autre, et l'observateur ne modifie pas la biologie de l'autre. Voilà comment l'on pense depuis le siècle dernier. Si l'approche synthétique de la spirale de signes est pertinente, alors il faut penser la biologie entre deux êtres vivants en interaction, une biologie périphérique, en quelque sorte, qui circule entre les deux sujets, où chacun sert de stimulus à l'autre. Cette biologie interactive du liant, où l'affect joue un grand rôle, peut probablement produire une bonne théorie du développement humain.

On reviendra à l'importance de cette circulation de l'information. Mais je voudrais tout de suite avoir votre opinion sur une question qui me démange depuis quelques instants. Dans notre conversation il est apparu un certain nombre d'oppositions : analyse-synthèse, Babel-langue de bois, réalisme-idéalisme, etc., où le juste milieu semblerait souhaitable.

Or, dans les milieux scientifiques, on voit se développer des oppositions féroces, pas seulement techniques ou théoriques, derrière lesquelles on pressent des querelles de personnes, des attitudes passionnelles. Pour certains, la pensée analytique est réductionniste, pour les autres, la pensée synthétique ou prétendument holistique est un bidule flou du genre théorie générale des systèmes, ainsi de suite.

Woody Allen, qui est un grand penseur, dit des choses semblables.

Oui. Mais vous, qu'est-ce que vous en dites ?

Je vais en rester à Woody Allen, ne vous en déplaise. Woody Allen dit que Freud et Jung ont commencé à manifester de grandes divergences théoriques le jour où Jung a mangé la part de dessert de Freud. C'est dit à la façon de Woody Allen, mais ce n'est pas faux. Il nous indique par là qu'il faut chercher dans nos racines émotives, affectives inavouables, inconscientes, l'origine de nos choix épistémologiques. Très souvent une théorie implicite, mal élaborée, ne se développe qu'au travers d'événements extérieurs à elle. Le scientifique passant sur le divan du psychanalyste, connaissant une expérience politique, mystique, amoureuse, changé affectivement, change sa manière de poser la question, son regard sur l'objet de science. Bettelheim, déporté, change sa manière de penser l'enfant autiste.

Certains scientifiques voudraient encore penser l'objet de science comme extérieur à eux. On a vu que ce n'était pas vrai même pour les mathématiques, encore moins pour la matière ou le vivant, aussi pour ceux qui travaillent sur les signes de l'interaction.

Le progrès à faire serait que les hommes de science réfléchissent un peu plus sur l'enracinement inconscient de leur objet de science. Cela diminuerait peut-être l'ambiance hystéro-paranoïaque qui règne : «...C'est moi la vedette... S'il ne pense pas comme moi c'est qu'il me veut du mal...» C'est vrai que l'organisation des laboratoires dépend beaucoup des rapports entre les hommes. Qui va donner le titre universitaire, la bourse de recherche, le poste stable au stagiaire ? Ce dernier n'aura son poste que s'il adopte les idées du maître. Les scientifiques n'échappent ni au contexte social, ni aux lois de l'argent, ni à celles de l'affectif.

Woody Allen, toujours lui, dit que même un paranoïaque a de véritables ennemis.

Eh oui ! Hautement probable.

Le remède ? Cela ne peut pas dépendre seulement d'un état d'es-

prit. Il y a besoin d'une instrumentation méthodologique plus objective que cela. On peut toujours dire thèse-antithèse-synthèse. C'est du discours. Devant les problèmes de plus en plus complexes et de plus en plus importants pour la survie de l'humanité auxquels la science s'attaque, on a besoin de quelque chose de plus concret, de plus opérationnel.

C'est en train de se mettre en place, je pense. Ces rencontres qui, entre physiciens et philosophes, biologistes et psychologues, neurologues et psychanalystes s'organisent de plus en plus souvent, me semblent être l'indice d'un changement d'attitude épistémologique. C'est un peu comme quelqu'un qui apprendrait deux langues pour voyager, pour comparer deux pays, deux cultures. C'est une bonne affaire sur le plan intellectuel. Si on reste toujours dans son petit pays, avec sa même langue, on va vivre en sécurité bien sûr, mais on est amputé du reste du monde. Et si quelqu'un nous apporte une théorie dans une langue un peu différente, eh bien, ce sera un vilain persécuteur : s'il n'est pas d'accord avec nous, il est de mauvaise foi. Et l'autre, de son côté, dira la même chose de nous, bien sûr. Toutes ces fermetures, ces contresens viennent d'une attitude psycho-affective : la recherche de sécurité dans un seul système de pensée. Un maître, un laboratoire, des circuits sociaux clos, c'est la sécurité mais c'est peut-être aussi la sclérose. A l'autre bout, tenter trop d'aventures, pratiquer trop de langues, on risque de se diluer, de ne plus rien comprendre, de refaire Babel. Mais apprendre deux langues, comparer deux cultures, visiter deux domaines, c'est un effort intellectuel accessible, ce n'est pas Babel.

Ne peut-on compter sur la traduction ?

Parlons-en. Par simple effet de traduction, les mots peuvent se charger d'un sens nouveau. Exemple : *Unbewusst* a été traduit par *inconscient*, on aurait dû le traduire par *à l'insu de*. Si le *Unbewusst* freudien avait été traduit par *à l'insu de*, la psychanalyse française en aurait été changée. Décrits comme exprimés *à l'insu* du sujet, l'acte manqué, le lapsus, deviennent des choses que l'on peut rendre observables. Or la traduction de *Unbewusst* par *inconscient* lui a attribué un sens qui n'est vrai que pour la psychanalyse française. Ce qui explique pourquoi celle-ci a eu, pendant des années, la haine de l'observation directe : la réalité n'était pas analysable. La psychanalyse française a connu une histoire différente de la psychanalyse allemande ou américaine par effet de traduction. Avec l'autre acception, les observations devenaient licites.

Pourquoi ?

Parce qu'on peut rendre observable ce qui s'exprime *à l'insu du* sujet, du corps parlant : les gestes, les mimiques... Donc, la psychanalyse aurait pu s'organiser, en France, différemment en fonction de la traduction d'un mot.

Vous voulez dire que si le psychanalyste français, disons «classique», ne considère que la parole, c'est parce que Unbewusst *a été traduit par* inconscient *et non par* à l'insu de *?*

Exactement.

C'est lourd de conséquences.

Je ne vous le fais pas dire. De même, en français on fait la différence entre angoisse et anxiété. L'allemand ne dispose que de *Angst.* Alors que certaines cultures, je ne sais pas si c'est vrai, je l'ai lu, disposeraient de centaines de mots référés à l'affect d'angoisse : l'angoisse de la nuit, de la mort, de la rencontre, etc. Cela pourrait indiquer que ces cultures utilisent une énorme partie de leur histoire de vie à parler l'angoisse. Les Allemands, avec *Angst,* ont fait une bonne affaire sur le plan affectif. Nous, en France, nous devons chercher à différencier ce qui est psychique de ce qui s'exprime par le corps, séquelle du cartésianisme, cela revient à essayer de retrouver par l'existence de ces deux mots le dualisme corps-âme.

Il y a aussi la distinction angoisse-peur.

Cette distinction est pertinente. Le philosophe dit : «La peur est liée à un danger réel, l'angoisse non.» Le biologiste répond : «Beaucoup d'animaux cessent d'être anxieux dès qu'ils ont peur.»

Bizarrement la peur a un effet tranquillisant. Dès l'instant où l'on peut percevoir l'objet, on peut s'y adapter par un comportement de fuite, d'agression, de soumission... Dans un univers d'angoisse, l'animal ne peut pas s'adapter. On le voit courir en tous sens, manifester des diarrhées émotives, devenir vulnérable aux infections. Il ne traite plus les informations de son monde, son comportement devient tellement mal adapté que l'accident n'est plus «accidentel».

Dans l'angoisse comme dans la peur, les molécules sécrétées ne seraient-elles pas de même nature, mais différemment utilisées ?

Au moment du stress, il y a augmentation du cortisol plasmatique, décharge de catécholamines, cela se repère par des indices bio-électriques d'alerte cérébrale. Avec les imageries modernes, on a assez bien établi qu'un stress répété altère le fonctionnement des cellules du rhinencéphale (cerveau archaïque, situé à la base des deux hémisphères et qui met en rapport anatomique l'olfaction et la mémoire et en rapports fonctionnels la part neurologique de l'alimentation, de la sexualité, des sécrétions endocriniennes et de certains comportements sociaux). Elles se vacuolisent, se gonflent et dégénèrent. Au bout d'un certain temps de stress chronique, le rhinencéphale devient atrophique. De cela, la biologie et la philosophie peuvent parler d'une même langue. D'ailleurs en psychologie quotidienne, on voit des gens, anxieux en situation de paix, montrer un grand courage à la guerre. Ils n'ont plus d'angoisse parce que le drame social leur a donné l'objet, leur a nommé le persécuteur. En s'adaptant, ils changent leur métabolisme. Le cortisol plasmatique, les catécholamines diminuent. L'organisation sociale a changé leur biologie. Voilà. Nous venons de raisonner à deux niveaux différents de la même spirale.

6
LES CARENCES AFFECTIVES

Au point où vous en êtes de votre réflexion, est-ce qu'il y a une question qui vous paraît centrale ? Et comment y êtes-vous parvenu ?
Cette problématique vous concerne, mais j'imagine que vous devez bien penser que si elle vous concerne, elle doit bien en concerner d'autres, peut-être même tout le monde.

Oui. Ce qui est bon pour moi est bon pour les autres. Il n'y en a qu'un seul qui a raison : moi. Comme tout le monde pense la même chose cela pose un problème de relation.

Oui. Mais vous ne répondez pas à ma question.

C'est que je ne sais pas.

L'orientation de votre recherche actuelle ne serait pas indicatrice de ce qui pourrait être central pour vous ?

J'ai compris la question.

Alors ?

Alors, allons-y. Tout notre laboratoire se coordonne autour de l'étude des carences affectives. On observe des enfants en situation d'isolement affectif, nés d'incestes, privés de mère, placés en institution... avec la méthode de la spirale de signes, toujours la philosophie du troisième ligne. On constate que l'enfant ne secrète pas d'hormones de croissance quand il est dans un milieu de carence affective. Dès qu'on place un enfant dans une famille d'accueil où il peut extraire la nourriture affective dont il a besoin pour se développer — *Je est un autre* (1) — ils se remettent à sécréter des hormones de croissance, le soir même de leur arrivée dans la famille d'accueil. A un autre niveau de la spirale, l'indice bio-électrique : dans un lieu privé d'affect, les enfants n'organisent pas l'architecture de leur sommeil ; ils se comportent comme les déprimés, ils tiennent longtemps éveillés, et puis tout à coup, épuisés, ils tombent en sommeil paradoxal. Il n'établissent pas le sommeil lent-profond, qui permet la sécrétion d'hormones de croissance. La nuit même de leur arrivée dans une famille d'accueil aimante, l'architecture du sommeil s'installe. En montant encore dans la spirale de signes, on s'aperçoit que dans un milieu privé d'affect, que ce soit dans leur famille aussi bien qu'en institution ou en isolement total — on voit cela aussi — , ces enfants n'ont pas accès au symbolique, à la parole. Ils ne peuvent pas apprendre les gestes désignatifs sans un autre avec qui échanger. Il suffit de les mettre dans une famille d'accueil pour voir apparaître, en quelques semaines, affectivement et neurologiquement, les signes de l'acquisition de la parole et de la pensée abstraite. Cela montre bien que l'abstraction, le symbole ne tombent pas du ciel, ils s'enracinent dans la neurologie et l'affection. Il est probable que ce choix vient d'une attention portée par une sensibilité au thème qui a organisé la vie du chercheur. Ai-je répondu, cette fois ?

Oui. Votre approche confirme-t-elle une chronologie des acquisitions, des stades de développement au-delà desquels la récupération s'avère plus difficile, voire impossible ?

Oui, c'est juste. C'est un problème plus technique, celui de la période sensible. On constate que jusqu'à dix-huit ans, tant que les cartilages de conjugaison ne sont pas soudés, ces enfants peuvent récupérer la taille prévue par leur programme génétique. Après dix-huit ans, même si on les met dans les conditions les plus favorables, ils ne grandiront plus. C'est la même chose pour le langage. Ici, la période sensible dure dix mois — entre le vingtième et le trentième mois. En dix mois, sans maître, sans école, l'enfant acquiert le vocabulaire, la mélodie du langage, son accent, les règles de grammaire, les exceptions à la règle ! Combien de temps vous a-t-il fallu pour apprendre l'anglais ?

Pour ma part, après trente ans, je débute encore ! C'est à partir de cette langue maternelle, mise en place apparemment si facilement, qu'il faudra apprendre, traduire les autres langues. Si on rate cette période sensible, l'acquisition du langage restera possible jusqu'à cinq à six ans, parfois six. Après, cela devient improbable.

Vous venez de donner deux exemples très circonscrits : la croissance et le langage. Mais la vie affective présente une très grande complexité dans la chronologie de développement.

Et avec une très grande diversité dans les effets sur l'organisme récepteur. Perdre sa mère quand on est bébé c'est risquer la mort, quand on a six mois c'est cesser de se développer biologiquement, quand on a dix ans c'est avoir des difficultés d'identification et de stabilité affective. Perdre sa mère quand on a vingt ans, c'est faire un deuil très douloureux, la perdre à cinquante ans c'est faire le deuil de sa mère. Le fait reste le même, l'éprouvé avec ses conséquences biologiques et psychologiques est totalement différent selon l'organisme récepteur.

Subir un grand choc émotionnel à la mort de sa mère quand on est jeune, c'est normal. C'est ne rien ressentir qui serait anormal. En revanche, ne pas être capable de faire le deuil de sa mère quand on a cinquante ans est pathologique.

Tout à fait.

Je vous ai bien entendu, tout à l'heure, dire que l'orientation de votre recherche pouvait dépendre de votre propre structuration psycho-affective. Mais, en prenant une certaine distance, est-ce qu'on ne pourrait voir, dans notre société actuelle, des raisons plus objectives de considérer ce thème d'étude comme central ?

Je vais encore vous répondre par une anecdote. Clérambault, qui fut le patron de Jacques Lacan, choisit de décrire une forme de folie féminine liée aux étoffes. Il trouva des cas de collectionneuses, les étudia et fit une publication scientifique sur un sujet que personne n'avait traité avant lui. Il réussit là une très jolie description clinique. «Clinique» signifie qu'on est au pied du lit du malade, qu'on n'est théoriquement pas impliqué, l'objet d'étude étant dans l'autre. Clérambault n'était donc pas impliqué dans ces cas de folie. Et puis Clérambault se suicide en se tirant une balle dans la bouche face à un miroir. On découvre alors qu'il éprouvait lui-même la passion érotique des étoffes. Sa structure psychologique l'avait rendu hypersensible à ce comportement, et lui avait permis de percevoir ce qui échappait aux autres.

Il a trouvé en lui les hypothèses qui allaient ouvrir sa recherche.

Oui. Et il a décrit la passion érotique des étoffes, comme si cet objet était extérieur à lui-même, alors qu'il n'a pu faire cette description « d'objet extérieur » que parce que cet objet était aussi en lui. On voit comment, du point de vue de l'interaction de signes, l'extérieur et l'intérieur deviennent difficiles à différencier.

Moi, je vous demande juste le contraire. A partir des hypothèses, que vous dites avoir formulées parce que vous étiez impliqué dans ce thème, pouvez-vous élaborer une argumentation plus objective que votre simple implication.

Une fois le processus enclenché, il évolue pour son propre compte et le milieu scientifique en fait un objet plus extérieur. Nous travaillons sur les carences affectives, peut-être parce que plusieurs d'entre nous y ont été sensibilisés, ce qui nous a permis d'un peu mieux les décrire que d'autres — ce dont je suis convaincu — , mais par la publication de cette description, nous en avons fait un objet «hors de soi». L'intérêt pour cette observation est enraciné dans notre développement, mais une fois produit par l'instrumentation technique et sociale — caméra, imagerie, résonance magnétique nucléaire, bio-électricité, revues, etc. — cela devient un objet que d'autres vont reprendre. Ainsi créé, il va progressivement nous échapper. Il entre dans la culture. L'Organisation mondiale de la santé (OMS) le reprend pour faire des observations avec Hélène Stork, Jean Rouch ou encore des chercheurs voyageurs comme Alexandre Minkowski, Bernard Kouchner qui vont l'étudier dans des cultures différentes. Et l'objet nous revient, attestant qu'il s'agit d'un phénomène mondial. L'OMS nous dit : « Cela va être le problème de cette fin de siècle. La plupart des enfants dans le monde sont en situation de privation affective. Les troubles que vous avez décrits, on les observe partout dans le monde. » L'objet nous a échappé, quand il nous revient il est devenu une production sociale.

Ainsi, vos hypothèses vous reviennent éprouvées de façon pluridisciplinaire et transculturelle. Est-ce que vous pouvez en déduire qu'il s'agit d'un phénomène plus universel que... je ne sais pas... l'interdit de l'inceste, par exemple ?

Ce n'est pas du tout de même ordre. Ici, on est à un niveau très élémentaire, fondamental du développement de l'être humain. Quelle que soit sa culture, un enfant a besoin d'une nourriture affective pour exprimer son programme génétique. On est dans l'universalité quasi biologique.

Mais on peut constater, à un autre niveau, que certaines organisations socio-culturelles facilitent ces carences affectives. Les assistantes sociales, de leur côté, se sont approprié notre objet de signes, ont appris à s'en servir, et elles nous renvoient dans leurs observations que notre société produit de la carence affective à domicile et non plus seulement dans les institutions qu'on décrivait après la Seconde Guerre mondiale.

Il y aurait dorénavant deux types de production de carence affective : l'absence matérielle de parents ou de substituts et une absence d'échanges affectifs malgré la présence réelle des parents.

Les causes sont diverses. On les retrouve à tous les niveaux de la spirale de signes.

Ce peut être l'enfant abandonné, l'enfant isolé, l'enfant placard (ce n'est pas rare du tout). Cela peut venir de parents qui vivent l'enfant comme un persécuteur : il nous empêche de vivre, il nous empêche de travailler, il entrave notre réussite sociale, il est méchant, de quel droit nous persécute-il, vous voyez bien qu'il est méchant. Ce sont des choses que l'on entend, plus souvent qu'on ne pourrait le croire. Et puis, il y a aussi des parents très aimants et un enfant incapable de percevoir et de traiter ces informations affectives. Cela se voit chez certains encéphalopathes et chez certains autistes qui vivent dans un milieu riche en affection mais qui, pour des raisons qu'on ignore encore, sont incapables de traiter l'affect.

Quelle est la cause de cet autisme, alors ? Physiologique ? Génétique ?

Il y a mille personnes qui savent et qui proposent des explications différentes.

Alors ?

C'est la preuve que l'on ne sait pas. Voilà vingt-cinq ans que je baigne dans cet étrange milieu de la psychiatrie. Tous les ans, on trouve la molécule de l'autisme ou de la schizophrénie. Elle a une espérance de vie qui ne dépasse pas six ou huit mois. C'est vous dire à quelle vitesse il faut en trouver une autre. Il y a une sélection culturelle des idées, et le milieu ne semble pas retenir le regard moléculaire sur l'enfant autiste. Là encore, on retrouve l'enracinement inconscient du chercheur qui souhaite trouver la molécule de l'autisme, qui prétend l'avoir trouvée, mais jusqu'à présent… Au fond, les explications sont trop nombreuses pour qu'on puisse en retenir une seule. Dans ce contexte, il y a donc la place pour défendre l'idée que la carence affective peut trouver son origine soit dans des causes biologiques interdisant à l'enfant de traiter l'information pertinente, soit dans un milieu qui ne fournit pas l'affection nécessaire, ou encore, plus généralement, dans une culture qui induit entre hommes et femmes un type de relation privant leur enfant d'affection. On se rend compte alors que la carence affective peut se situer dans la spirale aussi bien au niveau social, voire spirituel que biologique.

Mais dans tous les cas, la carence affective est l'expression d'un dysfonctionnement de la circulation de l'information.

C'est juste.

Si ce phénomène est en augmentation dans le monde, que ce soit dans les pays développés comme dans ceux en voie de développement, on peut s'interroger sur l'avenir de l'homme du XXIe siècle. Cela ne produit pas seulement des enfants malheureux, mais aussi ultérieurement des personnes mal réalisées, des pseu-

do-adultes. Est-ce que la carence affective ne nous prépare pas un bel avenir nucléaire ou quelque chose de comparable ?

On peut jouer à ce genre d'extrapolation. Je ne m'y amuserai pas. Je me contenterai de remarquer que la catamnèse de ces enfants montre que, quand les troubles sont biologiques, ils sont très plastiques et très réparables. Observation contraire à l'idée reçue dans notre culture que ce qui est biologique est inné, donc intangible, alors que ce qui est psychologique ou culturel est susceptible de transformations. C'est exactement le contraire dans les faits. Les molécules sont d'une plasticité étonnante chez l'homme, alors que pour changer une loi, un regard social, il faut des livres et des livres, des conflits et des siècles. C'est plus facile de changer un métabolisme qu'une loi culturelle.

En ce qui concerne maintenant les troubles d'origine psychologique, quand ces enfants s'en sortent, ce qui n'est pas si rare, beaucoup d'entre eux ont un désir de lien affectif qui les induit à créer un milieu favorable. Encore une fois, contrairement à une idée très répandue, il n'y a pas de répétition de la maltraitance.

Je ne comprends pas très bien pourquoi cette idée fausse est entrée dans notre culture, peut-être à cause de l'idéologie psychanalytique dominante qui pose que l'on répète ce que l'on a reçu. Nous avons fait des études épidémiologiques en ce domaine et nous sommes arrivés à cette conclusion : il n'y a pas de répétition de la maltraitance. Dans 95 % des cas, les enfants maltraités deviennent des parents étouffant d'amour. Leurs enfants disent : «Oh ! papa, maman, arrête un peu...»

Donc une carence affective peut avoir une issue heureuse.

Relativement, parce que ces enfants devenus adultes peuvent tomber dans l'excès contraire. Ils ont un désir de famille, altruiste, qui peut être très coûteux pour eux sur le plan matériel, avec tout ce qu'incarne la réalisation d'un cadeau sur le plan symbolique.

Offrir un cadeau, c'est acheter de l'affect. Il y a un peu de chantage derrière, éventuellement. L'avenir de la famille se joue dans ces comportements réactionnels.

Dans certains pays pauvres, pas obligatoirement des pays à carence affective, la famille est encore une grande valeur. Dans notre société, on voit cohabiter deux courants. Au sein du premier, celui de la carence affective à domicile, quelques enfants deviendront indifférents, mais la majorité sera avide d'affection. Le second est celui de la pléthore affective, élaborée par des parents culpabilisés désireux de bien faire, et qui produit une jeunesse hyperindividualisée, professant le mépris de la famille et la recherche du bien-être. Donc, on peut prévoir que les Indiens, les Africains, disons les cultures carencées affectives pour des raisons économiques, vont continuer à valoriser la famille. Alors même que deux catégories vont cohabiter plus ou moins bien, en Occident : les altruistes issus de carence affective qui désirent construire une famille aimante et ceux élevés en pléthore affective ne s'intéressant qu'à leur bien-être immédiat, qui n'est pas forcément le bonheur.

Mais, alors, cela devrait jouer l'alternance d'une génération sur l'autre.

Bonne remarque. Ce serait comme cela si l'on avait affaire à des équations mathématiques, mais il s'agit d'êtres humains. Et les enfants qui ont été carencés en devenant des parents « gavants » d'affection — c'est l'expression qu'emploient souvent leurs enfants : maman, tu nous gaves... — génèrent d'autres troubles.

Une fois de plus, les excès inverses engendrent des méfaits presque identiques.

Oui, on pourrait presque dire cela. Trop aimer un enfant, c'est en faire un prisonnier affectif.

On entend cette expression en psychothérapie : « J'ai grandi dans une prison affective. » Se développer en étant prisonnier du désir de ses parents, c'est une autre forme de carence affective. Ces enfants sont confrontés à ce dilemme : ou bien je réalise son désir et je ne deviens pas une personne ; ou bien je deviens une personne et je blesse terriblement quelqu'un qui m'aime.

Ils vivent une double injonction contradictoire.

Oui, c'est une sorte de double lien. D'une certaine façon les psychanalystes pratiquent l'induction paradoxale : « Je vous demande d'associer librement. »

Vous avez un compte à régler avec les psychanalystes ?

Non, c'était une simple remarque que je pourrais aussi bien appliquer à moi-même.

Pour revenir aux dysharmonies, a-t-on fait des études compa-

rées des risques selon les classes sociales ?

Ce n'est pas nous qui les avons faits, mais des travaux ont mis en évidence le rapport qu'il y avait entre certaines formes de pléthores affectives et l'anorexie mentale des jeunes filles. Il y a vingt ans, on ne rencontrait ce genre d'anorexie que dans les quartiers riches. Si on faisait la carte des salaires du père (cela a été fait à Paris) on voyait qu'elle se superposait exactement à celle des anorexies mentales.

Ce n'est tout de même pas le salaire du père qui provoquait l'anorexie mentale de sa fille !

Evidemment non. Mais, il y avait un certain style de vie lié aux milieux où le père dispose d'un gros salaire. Pas assez présent psychologiquement, il ne joue pas son rôle de tiers séparateur. Et le couple mère-enfant est clos, avec une mère désireuse de bien faire, gavant sa fille d'affection. La seule défense qui restait à celle-ci pour gagner son autonomie c'était de refuser l'alimentation fournie par la mère.

La nourriture est beaucoup plus chargée en symboles qu'en glucides, lipides et protides. On mange plus de symboles que de chimie.

Ce scénario met bien en évidence l'interaction du social, du psychologique et du biologique.

L'anorexie mentale des jeunes filles ne se rencontrait que dans les quartiers riches, il y a vingt ans, dites-vous. Et maintenant ?

Ce n'est plus vrai aujourd'hui. On a vu, en une génération, l'anorexie mentale se répandre dans toutes les classes de la population, corrélativement à l'évolution de notre culture vers une consommation généralisée.

Je suppose qu'il y a d'autres domaines où l'on note des évolutions.

L'espérance de vie, c'est bien connu, a augmenté de façon très sensible. Mais il y a aussi du nouveau chez les bébés.

Oui. Les bébés qu'on observait, il y a vingt ans, ne réalisaient pas les performances des bébés d'aujourd'hui. Les bébés d'aujourd'hui ont des interactions sociales dès la troisième semaine. Ils sont nettement plus précoces que la génération d'avant.

Cela s'explique probablement par un comportement maternel très interactif dès la naissance.

Qu'est-ce que cela va donner dans une génération ?

Bien malin qui le dit. Il est plus prudent d'attendre.

Oui. D'autant qu'à ce nouveau comportement maternel peut venir s'ajouter un « nouveau père » qui intervient dans les soins du bébé.

Alors, ces «nouveaux pères» ne sont pas des pères. Ce sont des pères maternants. La nuance est importante. Ils se rapprochent de leur femme. Cette attitude peut gratifier la femme qui ne se sent plus rejetée du social, qui partage mieux son enfant avec le père. Mais «le père» doit être alentour, derrière la mère pour jouer son rôle séparateur. Un père qui toilette peut souder son couple, s'attacher à son enfant, mais il n'assure pas en cela la fonction du père. Pour jouer son rôle, il doit être un peu distant. Il peut même être absent. Un père absent peut être un bon père si la mère «le» parle bien.

Mais on peut être un père maternant d'une part et jouer son rôle de père par ailleurs. Il n'y a pas incompatibilité.

Ce n'est pas si facile que cela. L'histoire montre une évolution significative de la fonction du père. Chez les Romains, la matrone posait l'enfant par terre, si le père le relevait, il lui donnait son nom ; s'il ne le relevait pas, on exposait l'enfant qui était voué à une mort probable. Ce père-là avait pouvoir de vie et de mort sur l'enfant. Plus tard, on a connu le père «monseigneur», seigneur de la terre et de la mère, si j'ose dire, et cela, toutes proportions gardées, même chez les humbles. On le vouvoyait. Puis ce fut «monsieur», puis «père». Ce n'est qu'au XIXe siècle qu'il s'est appelé «papa». Et le voilà, au XXe siècle, devenu père maternant, quelquefois et presque toujours ce que je qualifie de «chèque à pattes». Il est fournisseur de chèques. Actuellement, presque un adolescent sur trois ignore le métier de son père. La fonction paternelle est très disqualifiée. Alors, est-ce qu'un père maternant peut jouer son rôle de père ? C'est possible mais ...

Le père maternant n'est certainement pas un comportement majoritaire. Il est d'ailleurs peu compatible avec le «chèque à pattes». Plus important, vous venez de décrire une trajectoire qui mène du père tout puissant au père disqualifié.

C'est vrai que le père, disons traditionnel, représentant de l'Etat dans la famille, était très important. Les femmes, n'ayant pas accès à l'aventure sociale, attribuaient beaucoup au rôle social de leur mari. Elles «le» parlaient avec tant d'importance à leurs enfants. Finalement ce père «napoléonien», dont les femmes ont beaucoup souffert, n'avait cette fonction que parce qu'elles la lui attribuaient. Actuellement, notre organisation socio-culturelle change les rôles sociaux. Cela ne veut pas dire que l'homme doive prendre une autre place dans la famille : cela dépend de la façon dont les femmes vont le parler.

On peut voir les choses autrement. Se demander si «fonction de père», «fonction de mère» ne recouvrent pas deux représentations : disons tendresse et autorité. Le tout alors est de savoir si ce n'est pas un bon «alliage» de tendresse et d'autorité qui serait indispensable au développement harmonieux de tout être humain.

Tout à fait. Ce que vous dites me fait penser à un travail que nous avons fait et qui montre que dès l'instant où l'homme et la femme se coordonnent, en gardant des rôles et des statuts différents, que le père reste à la maison et la mère tente une aventure sociale, les choses se passent bien.

Au Canada et aux Etats-Unis, les homosexuels peuvent adopter des enfants. Eh bien, si les rôles sont bien différenciés, l'enfant se développe tout à fait bien. Les rôles existent surtout dans la parole et les comportements au quotidien.

(1) Arthur Rimbaud.

7
LA MATURATION AFFECTIVE

A vous entendre, je me demande s'il est vraiment possible d'atteindre à la maturation, sur tous les plans : physique, intellectuel, affectif... On a pu parler d'intelligence bête pour qualifier quelqu'un qui est très opératoire dans la résolution de problèmes mais qui ne fonctionne pas très bien sur le plan affectif. J'ai tendance à penser que la maturation affective est à la fois plus importante et plus difficile à atteindre. Car, si on a besoin d'une assez bonne acuité intellectuelle pour bien gérer ses affects, en revanche, un dysfonctionnement affectif peut affecter gravement les capacités intellectuelles.

C'est *Rain Man*. Ce film où l'on voit Dustin Hofmann produire des performances intellectuelles époustouflantes et être incapable de traverser la rue ou de réaliser un geste quotidien, encore moins d'établir une interaction affective comme l'acte de parole. Il devient comme débile alors qu'il est prodigieusement intelligent par ailleurs, mais toujours dans un secteur très limité. On rencontre dans la clinique des cas exactement comme celui de *Rain Man* qui a d'ailleurs été inspiré par le neurologue Oliver Sacks (1). Mais plus généralement, l'affect est nécessaire pour que la personnalité se développe même sur le plan des abstractions. J'y reviens, tant pis si j'insiste, la philosophie du troisième ligne est nécessaire pour se développer harmonieusement.

Mais d'un point de vue plus général, je ne crois pas que de mémoire d'humanité on ait jamais connu une société ayant atteint cette maturité.

Quand on raisonne en termes de spirale de signes, on voit qu'à chaque niveau les déterminants sont différents. Admettons qu'il y ait une molécule qui rende autiste, ce n'est que le déterminant biologique. Il reste à examiner tous les autres, correspondant aux divers stades et lieux du développement. Par exemple, à considérer le déterminant social, on voit apparaître des groupes très solides psychiquement. La vie des sous-mariniers est très dure, physiquement et psychiquement : ils sont isolés de leur famille, ils dorment à trois sur deux bannettes, il y en a toujours un debout, le manque d'espace oppresse, il y a les odeurs, etc., eh bien, ils sont tellement contents d'avoir été sélectionnés dans ce groupe d'hommes estimables qu'ils sont d'une très grande solidité psychique.

On peut se demander si cette solidité vient de ce qu'ils ont été sélectionnés ou si on les a sélectionnés à cause de leur solidité psy-

chique. Je fais le parallèle avec les astronautes qui subissent toute une batterie de tests. Il peut, par ailleurs, avoir un renforcement par la nomination, la gratification de rentrer dans un groupe exceptionnel.

C'est vrai que les sous-mariniers sont sélectionnés au départ, c'est vrai qu'ils sont contents d'être sélectionnés, c'est vrai aussi que quand l'un d'eux sent qu'il commence à flancher, il demande de lui-même à être relevé. En fin de compte, ceux qui restent sont hypersélectionnés, hyperadaptés, donc hypersolides. Là encore, on retrouve le raisonnement en étages.

La gratification venant renforcer la situation. On parle, ici, d'un processus avec un feed back positif qui renforce. Mais, il doit exister des processus inverses, avec feed back positif qui fragilise.

Qui fragilise et qui détruit. J'ai un exemple. Nous avons mené une étude qui a montré la grande fragilité des enfants nés d'inceste. Le regard social ne peut tellement pas accepter qu'un enfant naisse d'inceste qu'il le tue.

Dans la population que nous avons examinée, 50% des enfants étaient atteints de maladie mortelle ou grave. La mort ne venait pas de troubles chromosomiques ou biologiques, mais d'une carence relationnelle. Les troubles médicalement constatés étaient la conséquence d'un manque de soins. La mère, comme sidérée, hébétée, n'avait pas la force de s'occuper convenablement de son enfant qu'elle mettait en situation de privation affective. Comme par ailleurs nous avions l'exemple d'enfants nés d'inceste, dans un champ social plus compréhensif, avec l'acceptation et le désir de la mère, qui se développaient tout à fait bien, le poids du regard social apparaissait à l'évidence.

Tout se joue donc au travers de la mère ?

Dans la spirale de signes, la chaîne opératoire converge pour donner à la mère un pouvoir affectif énorme. Or, elle est elle-même soumise à son inconscient, à son histoire et aux contraintes sociales.

Pour revenir aux sous-mariniers, c'est une forme de regard social fantasmé qui les renforce. Cela revient à se dire : «Je fais partie des preux chevaliers.»

C'est presque l'expression qu'ils emploient ! C'est leur sentiment d'appartenance qui crée en eux leur grande résistance psychique.

(1) Sacks O. : *L'homme qui prenait sa femme pour un chapeau*, Le Seuil, Paris, 1988 et coll. « Points Essais », 1992 ; *L'Éveil (cinquante ans de sommeil)*, Le Seuil, Paris, 1987 et coll. « Points Essais », 1993.

8
LE DOUTE

Quel est le meilleur instrument du chercheur ?

Le doute. Si vous voulez des certitudes, je connais des tas de récitations théoriques très bien organisées. Elles ont une fonction tranquillisante. On a bien fait le ménage dans les idées, on a une représentation du monde cohérente, logique : tout est en place. Or, ces théories trop cohérentes présentent l'inconvénient de nous faire regarder le monde avec nos idées reçues plutôt qu'avec des questions. Dès que l'on pose une question quelle qu'elle soit, on introduit le doute, on cesse de réciter, on va voir. Et des tas de surprises nous attendent, y compris dans ce qui a l'apparence du banal.

Alors, entre la certitude qu'apportent une théorie et un dogme

. ieux, il n'y aurait pas vraiment de différence ?

J'étais juste en train d'y penser. Je sais que je vais me faire des ennemis en disant cela, mais je pense qu'une théorie trop cohérente équivaut à une langue de bois, elle fait l'objet d'une sorte de religiosité profane. Celui qu'on adore n'est pas un être surnaturel, c'est l'homme qui a produit cette théorie prise comme texte fondateur. On en fait l'exégèse et tous les commentaires doivent amplifier la fonction du Même. Comme dans une religion où tout le monde récite les mêmes litanies, exécute les mêmes gestes au même moment. La religiosité a pour fonction de réunir, d'apprendre à vivre ensemble. Le doute pose des questions nouvelles, nous contraint à aller voir, nous fragmente, nous isole, donc nous angoisse.

Une théorie bien cohérente crée un sentiment de sécurité en tenant pour vrai le discours commun des adeptes de cette théorie. Mais ce qui est tenu pour vrai n'est pas nécessairement vrai. On rejoint la «religion opium».

Peut-être que l'opium a son utilité. On ne conçoit guère la condition humaine sans religiosité, qu'elle soit sacrée ou profane. L'homme seul n'est pas un homme. On a vu qu'il ne peut pas se développer s'il est seul. On pourrait presque dire que la religiosité a des racines biologiques tant on a besoin d'être ensemble.

Ce qui est, disons, pour le moins ennuyeux , c'est qu'on doive payer d'être bien ensemble par un relatif aveuglement. On fait l'économie de l'angoisse de l'interrogation sur la vérité par un discours rassurant. C'est un «discours Témesta(1)*», en somme.*

C'est un «Témesta» psychologique. Effectivement, le meilleur tranquillisant naturel, bien supérieur au Témesta, c'est une coprésence affectueuse. Notre corps sécrète des endorphines au cours d'activités ou de rencontres plaisantes. On peut donc supposer que si l'on communique bien affectivement avec une théorie, un dogme, au cours d'une litanie ou d'une pratique commune, on sécrète des endorphines qui ont une fonction psychobiologique tranquillisante.

Est-ce que ce n'est pas un peu paradoxal qu'une théorie ait plus une fonction de cohérence que de support à la réflexion ? Je me trompe peut-être, mais je perçois ce cadre théorique, qu'il soit de nature scientifique ou religieuse, cette explication sur laquelle on ne revient pas, comme une structure obsessionnelle qui se répète de façon compulsive à travers un rituel. Et si jamais le rituel est empêché, alors l'angoisse déferle.

Freud utilisait le mot «obsession» à propos de la religion. Et c'est vrai que les rituels ont une fonction tranquillisante. La rencontre se fait le plus souvent sous le signe de l'ambivalence. Lorsqu'un homme rencontre une femme, par exemple, il a le désir d'échanger avec elle, en même temps il en a peur. C'est aussi vrai du côté de la femme. Le seul moyen de contrôler cette ambivalence — désir et crainte — c'est la pratique d'une forme de rituel : paroles, gestes convenus... Profanes ou sacrées, ces pratiques sont effectivement proches du rituel obsessionnel. Les obsessionnels savent très bien que leur comportement est absurde. Ils ne peuvent s'empêcher de le faire sous peine d'angoisse. «Je suis obligé de toucher quinze fois le bouton électrique avant de rentrer chez moi» disent-ils en riant, mais leur rire est anxieux. Intellectuellement, ils savent que c'est absurde.

Psychologiquement, une force intérieure les oblige à respecter ce rituel pour obtenir l'effet tranquillisant. Toutes proportions gardées, des effets de même nature sont à l'œuvre dans les échanges quotidiens. Pour pouvoir s'en passer, il faudrait être totalement inaffectif. Un homme s'approcherait d'une femme et dirait : «Voulez-vous qu'on s'accouple ?» D'abord, cela ne serait peut-être pas d'une grande réussite statistique, de plus l'angoisse déclenchée provoquerait l'effet contraire à nos désirs. Avant d'arriver à cette phrase, il faut des préalables d'apprivoisement affectifs mutuels. La parole, ici, ne sert qu'au synchronisme des deux affectivités.

Dans tous ces cas, théorie et parole, apparemment abstraites, ont en fait une fonction de synchronisation affective qui permet d'être ensemble.

Cela fait penser à la chaîne de la pariade animale, organisée chronologiquement en séquences.

Etablie par l'école d'éthologie objective (Lorenz et Tinbergen). Le rituel se met en place dès le niveau biologique pour permettre la réalisation sexuelle par la coordination de la pariade. Aussi bizarre que cela puisse paraître, cela illustre le discours de Freud sur l'ambivalence. On peut étendre cette relation du désir et de la crainte aux êtres vivants quelle que soit leur nature.

A propos de Freud, j'ouvre une parenthèse. La psychanalyse se donne, entre autres, une mission de désaliénation de la personne. Or, beaucoup de psychanalystes actuels, un siècle après Freud, se réfèrent à son discours comme à un évangile. Est-ce qu'il n'y aurait pas là une petite contradiction ?

Là, vous me poussez à la faute ! Mais oui, je pense que les fils de Freud ont un peu trop déifié le fondateur. Ils ont transformé sa parole en dogme. Ce n'était sans doute pas le désir de Freud. Il ont constitué eux aussi comme une religion. Cela se voit dans les vêtements, les gestes, les paroles. Chaque secte psychanalytique a un style vestimentaire. Quand quelqu'un fait ce geste de tourner le doigt autour de la tempe et dit en même temps : «Ca souffre quelque part» ,on sait qu'il se réfère à la théorie lacanienne. Les skinnériens, de leur côté, ont suivi un processus semblable. Dans tous ces cas, on n'est plus dans la théorie, on est dans l'affectivité, dans «l'être ensemble», avec les phrases emblématiques qui permettent de se reconnaître.

Ce sont les signes et le langage du clan.

Tout à fait.

Il y a donc une angoisse à conjurer ? Quelle angoisse ?
Un psychanalyste parlant de métapsychologie ne parle pas de lui.

Théoriquement. Il prétend ne pas parler de lui. Quand il fait le choix d'un psychanalyste, avant toute parole, un patient sait déjà beaucoup sur le psychanalyste. Le quartier, l'immeuble, le décor et les revues de la salle d'attente, la renommée, les vêtements, les cheveux, l'attitude, le maintien du praticien, tout ce discours préverbal communique beaucoup d'informations. Avant la première parole, il y a déjà un «prétransfert». Le psychanalyste n'est pas un objet neutre, il s'inscrit dans un contexte et, heureusement, il a aussi des angoisses. Cela le rapproche de ses patients et lui permet l'échange.

[illegible]e hyperthéorisation de certains ne révélerait-elle pas chez eux la peur d'être seuls ?

Freud au début était un homme seul. Il l'a payé de l'agressivité de sa culture. Ensuite, pour se défendre, il a constitué un clan freudien, et tous ceux qui n'étaient pas conformes étaient priés de partir. Cela se retrouve un peu partout, dans les groupes psychanalytiques, politiques, de pensée. On est prié de ne pas renouveler sa carte, de ne pas rester dans le club, si l'on pense autrement. Très rapidement les «mauvais penseurs» sont éliminés et le groupe se radicalise. Le mauvais penseur est, bien sûr, celui qui ne pense pas comme moi.

On paie la neutralisation de l'angoisse par l'acquisition de l'intolérance.

Exactement. On se choisit un maître ou un leader qu'on admire, dont on aime les publications, les théories. On lui emprunte ses idées, souvent sans en avoir conscience. Elles trouvent un tel écho en nous qu'on les digère. On les incorpore. On les intériorise, comme disent justement les psychanalystes. On croit sincèrement les avoir trouvées en nous. Et on reproduit la parole du maître. Et lorsque quelqu'un n'est pas d'accord avec nous, au lieu d'être intéressé par ce désaccord, on est scandalisé. La théorie n'a plus qu'une fonction affective.

Mais quand la théorie cesse d'être un cadre explicatif pour devenir sécurisante, elle devient aussi «obscurcissante».

Oui. Il y a un effet transgénérationnel. La première génération développe les idées de l'innovateur et la seconde commence à réciter puis, de génération en génération, la sclérose va s'imposer jusqu'au moment où un «contre» maître, si j'ose dire, apportera une idée nouvelle. Mais celui qui va ainsi douter de l'idée du maître paiera son innovation du prix de l'exclusion, de la solitude, donc de l'angoisse.

Peut-être d'abord du prix de l'angoisse, avant même l'exclusion. N'a-t-on pas besoin de l'angoisse pour avoir envie de casser le cadre ?

C'est juste !

Le seul fait d'envisager de transgresser est un facteur d'angoisse, le seul désir, avant même le passage à l'acte.

Eh bien tant pis, nous allons être d'accord !

(1) Témesta est le nom commercial d'un tranquillisant

9
ET L'ANGOISSE

Vous posiez tout à l'heure le doute comme central à toute pensée vivante. Et si c'était l'angoisse ? Ne pourrait-on pas paraphraser ainsi le bon Descartes : «Je pense, donc je suis angoissé» ?

A vivre en tant qu'individu on s'expose à l'angoisse. On gère l'angoisse pris entre deux besoins contraires : être un individu et être ensemble. Je veux créer mon univers mental, satisfaire mes désirs, donc je dois affronter l'autre qui pense autrement parce qu'il a une autre biologie, une autre histoire, un autre contexte. Le fait que nous cherchons tous à devenir des individus nous expose un jour ou l'autre à l'affrontement. Si l'on accepte cette gestion de l'angoisse, prix de la liberté mais aussi de la solitude ou du conflit, alors on peut tolérer chez l'autre un univers mental un peu différent. Cela nous surprendra, nous agacera peut-être mais aussi pourra nous intéresser, nous enrichir. L'ennui c'est quand un effet de religiosité, profane ou sacrée, nous mène à l'exclusion de l'autre, faute de pouvoir gérer l'angoisse de la différence.

J'ai au moins trois possibilités avec l'autre : fuir, combattre ou négocier.

La plupart du temps, c'est une forme pervertie du combat : la disqualification. La théorie, enracinée dans mon affectivité, fait que je me représente l'autre comme malveillant et décidé à combattre mes idées qui, forcément, sont bonnes puisque je suis sincère et que ma théorie dit que c'est la vérité. Cela présuppose que d'autres univers mentaux ne peuvent exister, qu'il faut les exclure ou les exterminer.

Il existe un désir, à la fois individuel et collectif, d'un système de références qui permette de dire qui a raison, qui a tort. Cette loi est présentée souvent comme « venue d'en haut » et non pas la réponse à un désir de la communauté. Ce qui en fait une référence encore plus absolue.

La loi tombée du ciel. Mais, par bonheur, s'il y a les adorateurs de la loi, il y a aussi les révoltés chroniques. On a remarqué que dans l'ontogenèse du moi, pour s'individualiser, il y a toujours un moment où l'on doit s'opposer.

Vous disiez que certains choix que l'on fait, certaines attitudes dans la vie correspondent à notre façon de gérer l'angoisse. Vous donniez l'exemple du doute. Je pense quant à moi au désir de lucidité. Une exigence de lucidité ne peut se satisfaire d'un dogme, d'une loi, d'une théorie. On ne peut pas ne pas présumer que dans quelque temps cette théorie va se trouver en porte à faux, que cette loi est arbitraire, qu'elle relève d'un consensus limité dans le temps et l'espace. Et la question recule au fur et à mesure que l'on avance, jusqu'à la cause première, jusqu'à l'infini.

Vous avez fait ce geste-là : la main qui s'élève par saccades pour dessiner des étages. Votre main disait qu'il y a plusieurs niveaux à partir de la matière — sans la matière, on ne voit pas comment on pourrait être, sauf pour une pensée totalement idéaliste — ensuite votre main, en s'élevant de cette façon, indique que le fait d'être un homme de matière n'interdit pas l'accès à des niveaux d'abstraction de plus en plus éloignés de cette matière, pouvant aller jusqu'aux sphères spirituelles, noétiques, complètement désincarnées. Ce geste de la main illustre votre adhésion à une théorie, disons constructiviste du monde.

Peut-être, mais d'une banalité ! C'est une idée reçue que de voir la matière en bas et le spirituel en haut.

Une banalité, oui, mais d'une grande richesse. C'est en fait une forme de programme commun à l'homme. Ce geste de la main, on le lit dans Avicenne, dans Averroès, chez tous les mystiques qui affirment que la plongée intérieure ouvre à des sphères immatérielles. On retrouve ce geste chez les gens qui ont tenté l'aventure intellectuelle, montrant que l'intellect ne peut être coupé de l'affectif. L'aventure mystique, prétendument désincarnée, est en réalité un intense sentiment d'extase. Les mathématiciens pressentent les lois abstraites les plus générales qu'ils vont trouver. Je l'ai déjà dit : la compréhension mathématique est fulgurante. C'est la démonstration qui est un langage mais la compréhension est proche de la perception sensitive.

Il semble qu'il y ait, pour la plupart des gens, une représentation spatiale même des choses les plus abstraites.

Soit qu'elles se situent dans le corps, soit relativement au corps, avec une forme dans l'espace, éventuellement un mouvement.

Oui. Et il y a des formes communes à des groupes, des cultures, et des formes propres à chaque individu, fonction de sa personnalité et de son histoire, les deux types de formes pouvant se combiner.

A propos du geste que vous avez remarqué, ma main s'éloignant de moi, par paliers, selon une diagonale montante, eh bien, la représentation que j'en avais pendant que vous parliez, c'était un oignon, une représentation en couches sphériques concentriques. Et je me disais : «Je suis au centre de l'oignon et je désigne des sphères de plus en plus lointaines. Si j'étais à la surface de l'oignon, le plus important serait de plonger dans l'oignon jusqu'au coeur.» Or, ces deux mouvements me paraissent à la fois inverses et équivalents. Ils sont aussi intimes, aussi secrets l'un que l'autre. En d'autres termes, l'au-delà du soleil vers les bornes de l'univers et le fin fond du centre de la terre, c'est la même chose. Dans la pratique du rêve éveillé, par exemple, une personne qui fait un rêve d'élévation va rencontrer le feu du ciel, si elle continue à s'élever, il n'est pas rare, assez curieusement, qu'elle se retrouve dans le feu du centre de la terre et inversement dans la descente. On dirait que l'âme humaine se mord la queue.

Elle est ronde comme la terre. Avicenne disait que la plongée intérieure mène à l'explosion, il en décrivait les couleurs jusqu'au feu intense, le jaune de l'hyperluminosité qui précède l'extase mystique. Il y a bien une sensorialité de ce genre d'expérience. Vous parliez de l'oignon tout à l'heure, c'est une importante métaphore de la pensée épistémologique. Ici, raisonner et sentir sont très proches. Cette circularité de la pensée donne une cohérence. C'est sûrement une pensée très différente de la pensée récitée.

Les vécus de cette nature ne sont pas rassurants. Peut-être la réassurance naît de la capacité à répéter ces expériences, mais l'expérience elle-même est émouvante, plutôt angoissante même.

Toute découverte est stimulante et angoissante. A l'opposé, la récitation est sécurisante, tranquillisante mais, à la longue, engourdissante. On passe ainsi notre biographie à osciller entre le désir d'éveil angoissant et le désir de régression tranquillisante.

Il faut bien vivre. On ne peut pas plonger dans l'angoisse sans un minimum de repères, on ne peut pas non plus se dessécher à tourner en rond autour d'un totem. On comprend bien cela à propos de procédures rationnelles ou affectives, relationnelles, mais cela semble moins évident en ce qui concerne nos interrogations existentielles, notre place dans le monde.

Il arrive un moment où l'enfant prend conscience qu'il est un individu. Il se fait une théorie du monde conforme à ses désirs. Il aimerait que le monde soit ainsi, mais il est bien obligé de mettre sa théorie à l'épreuve des faits. On ne peut savoir qui on est qu'en rencontrant l'autre. Encore une fois le «Je est un autre» de Rimbaud. Je ne peux vérifier la pertinence de ma théorie du monde qu'en la confrontant à celle de l'autre. Les psychotiques ne font pas cela. Ils ont leur théorie du monde qu'ils ne confrontent jamais au réel. Ils restent soumis à leurs fantasmes. Il y a des lois du réel, elles ne tombent pas du ciel, il faut les extraire du magma événementiel, les extorquer.

Si je heurte le mur de la tête, c'est ma tête qui a une bosse.

Mais la bosse ne fait pas la loi. Une bosse est une sensation, une théorie du monde très sensualiste, aurait dit le XVIIIe siècle. Pour établir une loi, il y a nécessité de mettre en place une théorie qui permette de gérer la réalité de l'événement et l'angoisse qu'il peut déclencher. Les animaux n'ont pas ce problème. Ils sont soumis à l'immédiateté du réel : ou ils le traitent ou ils meurent. L'homme est beaucoup moins soumis à l'immédiateté grâce à sa faculté de se représenter le monde.

La plupart des comportements humains sont préalablement simulés par l'appareil psychique. Cela est sans doute vrai, mais à un moindre degré, chez les animaux. Pour l'homme, en tout cas, la représentation du monde intériorisée lui permet une véritable simulation de son agir.

Oui. Et cette anticipation est source d'angoisse. Très souvent les anxieux expliquent qu'ils sont bloqués par la pensée de ce qui va se passer dans un an, deux ans, dix ans... ils finissent toujours par se heurter à leur mort. Les animaux peuvent avoir le plaisir ou la peur de l'immédiateté. Mais ils ne sont pas armés contre l'angoisse. Une situation de stress les fait rapidement et massivement somatiser. Il leur manque cette faculté de représentation-anticipation et le langage pour la parler. On l'a déjà vu : si parler des anticipations négatives peut être angoissant, parler son angoisse est tranquillisant.

Il n'y a pas que la parole, le fantasme aussi permet d'éviter la somatisation. On dit que les patients psychosomatiques présentent un imaginaire assez pauvre.

C'est ce qu'on dit. C'est un peu critiqué maintenant. Mais ce qu'on peut dire, pour confirmer cette idée, c'est que les enfants changent de gestualité dès que la parole apparaît. On dispose donc d'une possibilité d'approche comparative : l'animal sans parole, l'enfant passant à la parole, l'adulte anticipant ou métabolisant grâce au langage. On établit que l'affect change de forme selon la manière dont il est fantasmé, pensé, parlé, c'est-à-dire mis en images, anticipé, symbolisé.

10
ETHOLOGIE HUMAINE

Pour mieux saisir votre démarche, j'aimerais revenir un peu sur la méthode. Je crois avoir compris ce que vous appelez la «philosophie du troisième ligne». Vous êtes neuropsychiatre, psychanalyste, et vos recherches se situent en éthologie. Or, il me semble que c'est un domaine mal perçu par la psychanalyse.

Oui, l'étude du comportement y a une connotation négative. Cela tient plus à l'histoire du mot qu'à celle de la psychanalyse, me semble-t-il. Le mot, essentiellement récupéré par Skinner et les neurophysiologistes, désigne l'acte moteur, il ne peut donc pas plaire à un psychanalyste. Mais l'étude du comportement en éthologie n'a rien à voir avec celui de Skinner, rien à voir avec la dyade «stimulus-réponse». Au contraire d'un acte moteur, c'est un acte signifiant. Or, les premiers psychanalystes ont été des comportementalistes signifiants. Quand Freud décrit ses stades, il décrit des comportements. Par ailleurs, quand des psychanalystes s'intéressent au bébé, ils ne peuvent pas passer par la parole, sinon en tant qu'interactions sonores et affectives. Faire la psychanalyse d'enfants autistes, c'est forcément passer par le comportement. En fait, un grand nombre de descriptions psychanalytiques sont comportementales. Et si le mot a mauvaise presse, c'est à cause de la connotation que lui attribuent les psychanalystes qui ont oublié qu'ils ont été aussi dans leur histoire des comportementalistes.

Mais, de ce point de vue, l'éthologie humaine ne se réduit pas à une étude du comportement.

Au début, nous faisions de l'éthologie animale pour le plaisir d'observer les animaux dans leur milieu naturel. Ce n'était qu'une fonction de plaisir. Mais si nous avons repéré et rendu observable que la parole modifie chez l'homme les comportements, c'est grâce aux méthodes de l'éthologie. Bien sûr, là, on a quitté l'éthologie animale pour entrer dans l'éthologie spécifiquement humaine. Mais, à partir de notre expérience zoologique, nous avons pu mettre au point des méthodes d'observation adaptées à l'homme, que la psychanalyse a ignorées ou négligées.

Oui. L'observation psychanalytique passe par l'oreille, si l'on peut dire. Le corps doit être immobile, entre parenthèses. Ce qui exclut toute interaction affective par gestes, en principe.

Par décision méthodologique, la psychanalyse a éliminé cette forme de corps.

Le corps n'existe que parlé.

Voilà. Or, entre le corps béhavioriste, neurophysiologique et le corps parlé des psychanalystes, il existe le trait d'union du corps signifiant.

De l'animal à l'homme le saut est considérable. Le comportement animal se limite à être utilitaire (la recherche de nourriture), sexuel (la pariade), social (la dominance). L'homme utilise des gestes symboliquement, culturellement connotés.

Il y a un programme commun du vivant qui peut être catégorisé comme vous venez de le faire : la survie, l'appétence, la sexualité, la hiérarchie sociale. L'homme possède aussi ce programme. Ce programme commun incarne peut-être les pulsions de la psychanalyse, qui n'ont jamais été bien définies. Peut-être ce programme correspond-il aux pulsions. Une fois ce programme impulsé par le vivant (peut-être la libido, qui sait ?) il prend forme sous les pressions écologiques, interactives et, chez l'homme, par la signification attribuée aux gestes. C'est tout cela qu'on peut rendre observable.

De quelle façon ?

Je vais revenir sur ce que j'ai déjà dit. La plupart des espèces vivantes ne peuvent pas vivre en solitaires. Il faut un congénère : deux rats, deux tortues, deux lemmings... L'autre est un objet bien plus stimulant que moi-même. Moi, tortue, je suis un objet pauvre en stimulations pour moi-même. L'autre tortue est, en revanche, riche en stimulations signifiantes : c'est une odeur, un comportement, une couleur... Moi, tortue, j'ai besoin d'une autre tortue pour me sentir vivre dans un univers de tortue. Vrai pour tous les animaux. Quand deux d'entre eux se rencontrent, ils sont très intéressés l'un par l'autre, et, en même temps, ils ont peur l'un de l'autre. On retrouve l'ambivalence, dont j'ai déjà parlé, au coeur de toutes les relations du vivant. Pour gérer cette double pulsion contraire, la nature a mis en place des rituels adaptés à chaque espèce, rituels au sens éthologique du terme, pas psychiatrique, ni ethnologique. C'est-à-dire des processus comportementaux qui permettent à deux ou plusieurs individus de s'harmoniser ou de se synchroniser, pour préserver la stimulation, gérer la peur, le plaisir, l'agressivité, réguler la rencontre. Cela se retrouve chez tous les animaux.

Chez l'homme, ce même programme du vivant est à l'oeuvre. Il y a de la biologie en nous. Tous les hommes, quelle que soit leur culture, ont à exprimer leurs émotions quand ils se rencontrent. J'en ai déjà un peu parlé. On peut reprendre en langage humain ce qui a été dit pour les tortues. Je vais signifier, à distance, par mon attitude et mes gestes : «Je t'ai vu... Je suis content de te voir... Tu es un homme comme moi... Je suis content et j'ai un peu peur parce que je ne te connais pas.» Quelle que soit la culture, il y a toujours tout un ensemble comportemental. Bien sûr, chaque culture va façonner ce programme commun de mille formes différentes. Des Indiens de Nouvelle-Guinée sourient en faisant un petit mouvement de langue, c'est très distingué chez les Waïkas. On rencontre ce genre de comportement, dans notre culture parisienne, sur les trottoirs de Strasbourg-Saint Denis : il peut y avoir des contresens culturels. Mais le programme commun c'est le sourire et le geste de la main, pour montrer qu'on est bien disposé. Chez les Italiens, le dos de la main est vers l'autre. Chez les Yéménites, elle est vers le sol avec un mouvement comme si l'on grattait le sol, qui peut signifier : «Viens vers moi.» Chez les Egyptiens, le geste est plus latéral comme pour dire : «Regarde, je n'ai rien dans les mains.» Chez les Américains, c'est un grand geste emphatique. Chez les Anglais, c'est un petit geste discret. Tout cela, pour dire la même chose : Je t'accueille. Je te montre qu'il n'y a pas d'arme dans ma main. Je te souris. Même émotion, même intention. Il n'y a que la forme qui diffère. Le débat de l'inné et de l'acquis n'a plus beaucoup de pertinence. Nous avons tous le programme commun du vivant et la culture lui donne sa forme.

Bon. J'ai compris cela. Mais comment analyser et interpréter la part signifiante des comportements ? Je vous ai vu à la télévision, vous étiez interrogé sur la signification des attitudes. Une fois, notamment, on vous a demandé d'interpréter les images d'une conversation entre Saddam Hussein et Kurt Waldheim, pendant la guerre du Golfe. Il s'agissait de percevoir ce qu'il y avait sous l'apparence des mots. On vous demandait d'être devin, quasiment, de detecter ce qu'il y avait dans la tête du monsieur au travers de sa façon de s'asseoir, de se tenir en parlant.

Non. L'éthologie ne peut pas dire ce qu'il y a dans la tête d'une personne. Elle peut seulement repérer l'émotion qui s'exprime. Prenons une situation : un obsessionnel avec une petite fille de, disons, deux ans. C'est une observation que j'ai faite. Ce qu'il a dans la tête c'est : «J'ai envie d'être méchant et de faire du mal à cette petite fille qui m'agace parce qu'elle est une jolie petite fille. Je suis honteux de ce désir. Ce n'est pas bien de vouloir secouer une enfant comme j'ai envie de le faire.» Et l'on observe un homme excessivement gentil avec une enfant. On n'a pas accès à ce qui se passe dans sa tête.

Mais vous, comment y avez-vous eu accès pour pouvoir en parler comme vous venez de le faire ? Par déduction ?

En utilisant un autre enchaînement de raisonnements psychodynamiques, un recueil d'observations verbales associé à l'observation directe. La petite fille, elle, ne voyait qu'un comportement de gentillesse. Mais quand Kurt Waldheim augmente ses activités autocentrées au point de se gratter l'ongle jusqu'au sang, cela, quelle que soit la culture, indique un homme tendu, anxieux. L'éthologie perçoit un geste qui réfère à un univers émotionnel intime, pas au monde psychodynamique.

Je peux comprendre cela. Une autre façon de poser la question : depuis le XIXe siècle et même avant, on s'est penché sur les correspondances possibles de la forme du visage et du corps, des mimiques avec le caractère de l'individu. Je pense aux Fragments physiognomoniques *de Lavater à la fin du XVIIIe siècle, notamment et, plus près de nous, à* la Morphopsychologie *de Louis Corman. Quels rapports avec l'éthologie humaine ?*

Des rapports de ring ! Disons, plus posément, l'opposé. La morphopsychologie postule implicitement un référent génétique de correspondance entre forme et comportement : une bosse indique une aptitude, la bosse des maths, l'intelligence ; la bosse frontale, l'assassinat. La démarche éthologique montre qu'un enfant est aussi façonné par son milieu. Les enfants roumains, ce n'est pas la peine d'aller en Roumanie, on a les mêmes en France dans les pouponnières d'enfants abandonnés. Je vous ai déjà à peu près tout dit sur eux. Ils répètent tellement des stéréotypes comportementaux, pendant cinq ans, dix ans, qu'ils finissent par s'ankyloser dans leur position. Un enfant, privé de bain parolier, qui ne parle pas, a une grosse langue, une mâchoire lourde, molle et mal formée. Dès qu'il se met à parler, sa bouche, sa langue, sa mâchoire changent de forme. Il y a une contrainte génétique : un petit d'homme ne donnera jamais un oiseau adulte. Il y a aussi une contrainte environnementale.

Il n'empêche qu'en fin de compte il peut y avoir une correspondance entre la forme extérieure et le contenu intérieur. Ne dit-on pas qu'un homme de trente-cinq ans a la gueule qu'il mérite ?

En disant cela, on fait bel et bien de l'anti-morphopsychologie.

Tout de même, le petit gros et le longiligne maigre, c'est aussi le programme génétique.

Bien sûr. En empruntant aux linguistes les notions de compétence et de performance, on peut dire que tous les bébés du monde (sauf le 0,01% d'accidents génétiques ou chromosomiques) ont pratiquement les mêmes compétences. Mais, à partir de ce même alphabet, on peut écrire un grand nombre de romans différents. A partir d'un nombre limité de touches de piano, on peut composer bien des symphonies. C'est la performance.

La contrainte génétique, c'est l'alphabet, la compétence, la culture, le milieu socio-écologique, les rencontres vont établir la performance.

Oui, l'aventure humaine va ainsi façonner mille manières d'être homme.

Jusqu'à présent, pour des raisons de compréhension je suppose, vous avez limité le comportement interpersonnel à la relation duelle. Mais il faut considérer les liens qui se tissent d'abord dans le milieu familial, puis étendre l'observation à des ensembles de plus en plus vastes.

L'aventure humaine commence au moment où deux gamètes se rencontrent. Dans l'état actuel de nos connaissance, on ne peut pas dire grand-chose de l'appareil psychique concernant l'histogenèse, l'organogenèse et l'embryogenèse. Mais, pourquoi faut-il neuf mois de grossesse, alors que le bébé est a peu près terminé vers sept mois et demi ? S'il vient alors au monde, s'il supporte le passage d'un univers aquatique à un univers aérien, si ce déménagement écologique se passe bien, alors il va se développer comme les autres nés à terme. Donc, ces six semaines sont, si j'ose dire, des semaines de rab. On pourrait appeler cette période de rab, l'affectogenèse. Pendant ces dernières semaines de la grossesse, les bébés réagissent d'une façon qui fait penser à l'existence de ce qu'on pourrait appeler un «protomental». C'est probablement un appareil psychique simple, enraciné dans le sensoriel. Il perçoit la voix de sa mère, le parfum du liquide amniotique. Ses réactions sont différenciées. A l'échographie, on le voit palper la paroi utérine. Et l'on voit ce que j'appelle des OFNI, (des Objets Flottants Non Identifiés). Que voit-on flotter ? Ses mains, ses pieds. Il attrape une main, il suce un pouce. Il attrape le cordon ombilical, il le suce. Il déglutit trois à quatre litres de liquide amniotique par jour : il goûte l'eau de sa mère. Il reconnaîtra les basses fréquences de la voix de sa mère dès la naissance. Ce psychisme naissant n'a pas de pensée abstraite bien sûr, mais il a déjà des représentations sensorielles.

Il y a vraisemblablement une corrélation entre le développement du système nerveux et celui de la capacité d'interprétation.

La plupart des systèmes sensoriels sont immatures à la naissance, mais ils fonctionnent très bien comme cela. Le système pyramidal n'est mature que vers dix-huit à vingt mois, et l'enfant commence à marcher avant. Le cortex temporal n'est mature que vers quatre ou cinq ans, et un enfant parle très bien à trois. Un système immature réussit déjà de très bonnes performances.

La mise en oeuvre de ces systèmes immatures participe de leur maturation.

Oui. C'est par quoi l'on peut comprendre comment le milieu peut façonner biologiquement un système en cours de développement.

«L'appareil à construire le monde», l'appareil à penser continue à se développer et, quand la parole arrive, alors les interprétations échappent en grande partie à la sensorialité. On voit apparaître un univers de sens qu'il est bien difficile de construire sans la parole. On peut toujours faire du sens avec les sens, mais le langage facilite grandement l'accès à la pensée abstraite.

C'est donc bien avec le langage que l'on construit ce lieu symbolique.

On peut en parler en termes de superstructure. Pour y accéder, il y a des préalables.

Chronologiquement : biologique, sensoriel, affectif, intellectuel ?

Oui. On peut dire cela comme cela. Et puis même, après, je l'ai déjà signalé, le noétique et le spirituel.

11
LE SIGNE DU LIEN

Vous allez penser que je reviens sur mes pas. Mais, après tout, dans votre spirale de signes, si l'on ne repasse pas, à chaque tour, exactement au même endroit, on revisite les phénomènes d'un autre point de vue.

D'où je suis maintenant, voilà ce que j'ai compris. L'observation réalisée par la psychologie expérimentale et la biologie présentait l'inconvénient des artéfacts de laboratoire. En utilisant certaines techniques qui avaient fait leurs preuves en éthologie, vous avez renouvelé la clinique psychologique en développant l'observation en milieu naturel.

D'une certaine façon, oui. L'éthologie est une sémiologie. Et nous avons essayé de construire une science des signes en psychologie.

Le titre de votre livre, Sous le signe du lien *(Hachette, 1989), en est une illustration.*

La psychologie, pendant très longtemps, a été la psychologie de l'homme seul. Or, l'homme seul ne peut pas exister. Ce qui fait que l'homme devient un homme, c'est l'interaction, la relation avec un milieu et d'autres hommes. La méthode doit donc permettre d'observer ce qui se passe entre au moins deux individus.

En l'occurence, vous semblez appliquer cette méthode à l'étude du développement.

Piaget avait déjà abordé le problème en termes de psychologie génétique. Nous ajoutons une dimension phylogénétique.

Vous voulez dire que l'évolution est présente dans votre réflexion ?

J'aurais bien aimé éviter ce mot. C'est vrai que c'est difficile. Je préfère parler de survol phylogénétique. Je fais comme si l'évolution était organisée — ce que je ne sais pas — parce que cela facilite le raisonnement. Ici, nous ne nous donnons pas pour but d'expliquer les mécanismes de l'évolution. Nous constatons la façon dont se présente à nous l'organisation du vivant d'où nous sommes issus. Et c'est de ce point de vue que je vous ai parlé précédemment de la matérialité de la communication depuis le mode cellulaire jusqu'à l'homme.

Et la notion de lien est venue du constat de la matérialité de la communication.

Le lien est une sorte de psychobiologie croisée. C'est la forme que prend la rencontre quand, comme on l'a déjà vu, deux individus s'imprègnent mutuellement de sensorialité réciproque.

Oui. Ce qui règle la danse interactionnelle qui permet la synchronisation de deux ou plusieurs personnes. Donc, ce lien n'est pas spécifié. Il indique simplement une interaction à partir de quoi des situations relationnelles particulières vont s'organiser. Le premier lien est tout logiquement celui du nouveau-né avec sa mère.

Oui. En attendant la généralisation des éprouvettes qui nous débarrassera de ce mode de reproduction archaïque, ce sont encore les femmes qui restent majoritairement porteuses.

Et l'on a vu que ce lien se tisse avant la naissance.

Oui, vers la fin de la grossesse, c'est déjà une petite personne qui réagit. Je vous ai déjà dit comment on pouvait voir le bébé palmer à l'intérieur de l'utérus quand sa mère chantonne, quand elle est contente. Beaucoup d'autres observations permettent de soutenir que l'interaction entre la mère et son bébé commence au cours des dernières semaines de la grossesse.

Le lien est-il la forme humaine de l'empreinte animale ?

Chez les animaux l'empreinte est facile à définir. Les éthologues d'avant guerre présentaient cette empreinte comme précoce, rapide et indélébile. Ils avaient noté que le petit poussin, par exemple, s'attachait à l'objet qui passait près de lui au cours des premières heures de sa vie. On a une vision plus nuancée actuellement. Cela reste vrai pour le poussin, mais dès qu'on monte dans la hiérarchie du vivant, cela devient de moins en moins vrai. Quelques heures pour le poussin, quelques semaines pour le chien et le chat ; chez le primate, cela demande des mois. Je pense que le phénomène de l'empreinte n'existe pas telle quelle chez l'homme. En revanche, il existe des moments sensibles au cours desquels l'organisme sera réceptif de manière très variable à des informations, selon le stade de son développement.

L'empreinte n'existe peut-être pas chez l'homme, mais l'attachement, oui. Et avant même toute parole.

Bien sûr, si vous entendez par attachement le lien affectif.

Alors quelle différence peut-on faire entre attachement et amour ?

Attention aux déceptions ! La psychanalyse nous a appris que la première rencontre amoureuse, c'est la mère. Et nous savons maintenant que cela commence même avant la naissance. Quand le bébé «tombe» dans le monde, dans ce déménagement écologique qui le fait passer de l'aquatique à l'aérien, il entre brusquement dans le froid, l'hypersonore, l'hyperlumineux et il perd la suspension hydrostatique. Et là, il reconnaît la familiarité de l'odeur, de la chaleur, de la sonorité de la mère, qu'il avait apprise dans son ventre. Il se calme instantanément quand sa mère le prend dans ses bras. Donc, l'objet familier, objet biologique, est devenu objet d'amour. Et puis on vieillit. Au moment de la flambée hormonale de l'adolescence, parmi toutes les femmes que l'on côtoie, il y en a une qui provoque le coup de foudre. On «tombe amoureux», l'expression est très belle, mais elle indique bien la brutalité du choc. Une autre belle expression : «Je l'ai aimée dès le premier regard.»

Et au deuxième ?

Le drame commence. C'est l'attachement : le ménage, le travail, la Caisse d'Épargne, les dettes... la réalité du quotidien où se tisse l'attachement. «Je l'ai aimée au premier regard.» Pourquoi celle-ci plutôt qu'une autre ? Parce qu'elle était porteuse d'informations sensorielles gravées au fond de moi, probablement la trace, restée en moi, de ma mère.

Mais il y a une différence essentielle entre la femme dont je suis tombé amoureux et ma mère, signifiée par l'interdit de l'inceste.

L'espérance de vie de l'amour est brève. La fonction biologique de l'amour, c'est de permettre l'accrochage. On ne connaît pas la personne dont on tombe amoureux. Elle provoque une forte impression parce qu'elle a probablement réveillé un souvenir enfoui. Non de la mère-personne, mais de la mère-objet biologique.

Le choix du partenaire est comme déterminé, alors.

Vous connaissez l'expression : «J'aurais mieux fait de me casser une jambe ce jour-là.» Eh bien, si je m'étais cassé une jambe ce jour-là, une semaine, un mois après je serais tombé amoureux du même type de femme que j'aurais rencontrée ailleurs. Le hasard ne joue que dans un cadre étroit de possibles. L'objet amoureux se fonde sur un souvenir biologique enfoui.

Je pense à ces phénomènes de paramnésie qui nous font ressentir des paysages inconnus comme familiers. L'amour serait-il une forme de paramnésie ?

Vous allez vous faire des ennemis.

Stendhal, dans De l'amour, *dit des choses assez proches, quand il parle de la cristallisation que l'on fait sur l'être aimé.*

En effet, également quand il parle de ses voyages sur le lac de Côme, il fait allusion au choc amoureux dans des termes approchants. C'est vrai qu'il peut y avoir une création biologique du sentiment de familiarité. C'est comme une écologie sensorielle et signifiante où, sans savoir pourquoi, on se sent bien.

On a parlé du sentiment amoureux de l'homme pour la femme. Mais la femme tombe, elle aussi, amoureuse de l'homme. Pour elle aussi, le premicr objet est la mère. Le processus est donc différent.

Le garçon est d'abord amoureux de sa mère, puis il s'y attache. Ensuite, il inhibe le désir pour sa mère, s'interdit l'inceste, ce qui lui permet d'orienter son désir vers une autre femme, analogue mais différente. Pour la fille, le développement sexuel est différent. Elle doit inhiber son désir pour sa mère et elle doit l'orienter sur un homme. Mais certains éthologues pensent que l'orientation sexuelle est plus simple pour la fille : n'ayant pas à inhiber son désir pour la mère, il lui suffit de s'orienter vers un homme qui évoque les traces laissées par la mère.

Est-ce que cela passe par une projection amoureuse sur le père ?

Cela peut. On entend souvent, en psychothérapie, des femmes dire : «Je cherche un homme qui me rappelle mon père.» Ou inversement : «J'épouserai un homme qui, surtout, ne ressemblera pas à mon père.» Mais c'est déjà un choix de partenaire beaucoup plus conscient. Au niveau inconscient (et il y a du biologique dans l'inconscient) les filles choisissent un homme porteur des caractéristiques du père ou de la mère. Je pense que le premier objet d'empreinte pour la fille, c'est aussi la mère. Comment pourrait-il en être autrement ? Souvent des filles d'alcooliques souffrent parce qu'elles s'attachent à ce père et voudraient le soigner. Elles n'y arrivent pas. Et le désir de soigner un homme s'installe. «Je n'ai pas réussi à soigner mon père. Mais cet homme qui boit, mon amour va le transfigurer.» Les filles d'alcooliques épousent souvent un homme alcoolique. Elles le savent avant le mariage. C'est rare qu'elles parviennent à le soigner.

Ce ne sont pas les mêmes niveaux d'organisation. L'empreinte de la mère est très archaïque, au niveau biologique. Je ne sais pas si l'on peut parler d'empreinte à propos du père. La trace du père est déjà à un niveau plus conscient, plus fantasmatique.

Notre prétention à la liberté en prend un sacré coup ! Si j'ai compris, dans le ventre de ma mère je commence à m'attacher, en sortant du ventre et en grandissant à côté d'elle, je m'attache tout à fait. Puis je vais inhiber l'inceste pour aimer une femme, qui m'en sera un rappel ignoré. Et je suis condamné à transformer cet amour en nouvel attachement, c'est-à-dire une nouvelle façon d'inhibition de la sexualité.

Vous voyez tout à fait juste. C'est un déterminisme. Mais si on cherchait bien, on en trouverait beaucoup d'autres. C'est vrai que la suite de l'histoire est aussi très déterminée. Les historiens nous apprennent qu'au siècle dernier l'espérance de vie des couples ne dépassait guère dix à quinze ans. L'un des deux mourait. Maintenant, l'espérance moyenne des couples est de l'ordre de cinquante ans.

Le processus que vous venez de résumer, qui s'est passé entre mère et enfant, se répète en effet à l'intérieur du couple. Après quinze ou vingt ans, on est très attaché à son partenaire, envers lequel notre désir sexuel s'inhibe.

Donc, pour que l'amour vive, il n'y a rien de tel que l'infidélité !

Il ne faut pas trop le dire parce que la morale de nos sociétés n'apprécie guère cela. Mais cliniquement, en effet, on constate que les aventures extraconjugales réveillent la sexualité à l'intérieur du couple.

Est-ce une parole d'homme ou est-ce que c'est aussi vrai pour la sexualité féminine ?

Les hommes s'en vantent, l'écrivent même, donc cela finit par se savoir. Les femmes se le disent peut-être entre elles, elles l'écrivent assez peu. Mais elles connaissent le même processus.

Alors, est-ce ainsi que les hommes le vivent, en ne le sachant pas ?

La merveille, c'est qu'on arrive à le savoir un peu quand même, de temps en temps.

Mais où certains parlent de «liberté de l'homme», vous assénez «déterminisme».

Nous avons la liberté de savoir ce qui se passe et d'essayer de le changer. Alors que les animaux n'ont ni la parole ni la conscience pour pouvoir le changer. Eux sont vraiment déterminés. Ils sont soumis à l'immédiateté du réel. Alors que nous, par notre capacité à comprendre, même partiellement, ces déterminismes, pouvons parfois y échapper. C'est cela notre liberté.

12
AUTOUR DE LA PAROLE

A ce propos — j'ai sans doute l'esprit d'escalier — je repense à ce que vous disiez des comportements de rencontre. Un individu en rencontrant un autre va exprimer par son attitude : «Je ne suis pas agressif. J'espère que tu ne l'es pas non plus, etc». Je ne suis pas éthologue, mais, de l'endroit où je suis, je vois l'agressivité s'exprimer plus souvent que l'accueil. Et je vis cela comme un gâchis. Il me semble que l'énergie serait mieux gérée par un comportement qui tendrait vers l'harmonie. J'assimile le comportement de domination, d'appropriation, à la pollution et la fraternisation au recyclage. Bon. J'ai peut-être tort. Ce ne sont que mes propres associations.

Puisque nous tournons autour de la parole, on pourrait appeler cela : le contresens comportemental. Le code culturel de l'expression de l'émotion s'imprègne très tôt, s'incorpore au sens biologique du terme. Par exemple, on apprend à nos enfants : «Regarde-moi quand je te parle.» Cela appartient à notre code de la politesse. Or, pour un Japonais ou un Arabe, la politesse consiste à baisser la tête quand on parle à un adulte, surtout un dominant. On imagine aisément les quiproquos possibles quand un occidental rencontre un Japonais ou un Arabe.

Je comprends ce genre de contresens culturels. Mais en parlant d'agressivité, je ne pensais pas à cela. Je pensais à l'agressivité qui semble inhérente à la nature humaine et qui s'exprime à l'évidence à l'intérieur d'une même culture.

Ce ne sont pas des agressivités de même nature. L'agressivité entre cultures peut s'expliquer par la non-communication entre des gens qui ont incorporé des codes comportementaux et émotionnels différents. On ne comprend pas ce que fait l'autre, donc c'est un sauvage, un inférieur : s'il meurt, ce n'est pas très grave, ce n'est pas tout à fait un homme. En revanche, l'agressivité à l'intérieur d'un couple, d'une famille, souvent violente, c'est, au contraire, parce que l'émotion se communique «trop» bien. Le moindre signe du corps, perçu et interprété par l'autre, en amplifie la communication.

Est-ce qu'on peut aussi expliquer de cette façon les antagonismes dans des groupes sociaux plus larges ? Il me semble qu'il y a aussi derrière ces comportements de la volonté de puissance, de la pulsion de domination.

On peut observer des signaux, des interactions, des indices périphériques d'émotion, des transferts d'affects. Mais, je l'ai déjà remarqué, l'aspect psychodynamique, toute cette aventure intime de représentation verbale, historique, psychanalytique, l'observation n'y a pas accès.

C'est une limite de l'éthologie.

Dans nos sociétés actuelles d'économisme, et de productivisme dominants, on n'existe que si l'on est le premier. Ce modèle culturel est prégnant et doit forcément jouer dans les rapports interpersonnels.

On peut dire que le social colore nos pulsions. Il n'y a pas si longtemps, quand une fille était engrossée avant le mariage, cela provoquait des affects insoutenables dans la famille. L'angoisse provoquée par l'exclusion sociale ou l'affect familial anxieux et agressif façonnaient le psychisme de cette «fille-mère» jusqu'à provoquer une folie délirante. Ce qui ne se voit plus de nos jours. Une représentation sociale, intériorisée et interprétée par chacun des membres du groupe, se transforme en affects.

Ainsi, cette valorisation sociale des comportements productivistes m'amènerait à ne me sentir exister que si je passe devant ou si j'écrase l'autre ?

Ce qui est mis en lumière ici n'est peut-être que la partie visible de l'iceberg. Il y a toute une partie de la culture qui est «arguée» au nom de la performance : tous ceux qui n'arrivent pas à suivre sont éliminés.

C'est précisément pour cette raison que je vis cela comme du gâchis.

Comment répondre à cela en termes éthologiques ? Si je suis un animal de meute, comme un loup, je dois m'harmoniser avec les autres, donc accepter la hiérarchie, établie par les comportements de dominance, qui permet à la meute de fonctionner comme un corps social. Il y a un peu de cela chez l'homme. Avec une valeur sociale comme la recherche de la performance, on peut s'attendre à ce que les comportements de nos enfants qui les mèneront à de bonnes performances vont être soulignés par des expressions affectives. Par exemple, le premier pas de l'enfant où la mère le lâche et où il plonge dans les bras de son père, c'est une fête affective : tout le monde applaudit, l'embrasse. Il aura donc envie de recommencer pour provoquer à nouveau cet événement extraordinaire. Même processus pour l'accès au niveau plus abstrait de la parole. Tout le monde reprend la parole, rit, essaye de communiquer avec l'enfant. Cette emphase sur la parole lui donne envie de tenter l'aventure parolière.

En regardant maintenant du côté du social, on rencontre des cultures où l'affect est plus valorisé que la hiérarchie. L'agressivité physique observable n'y est pas encouragée, au contraire, elle est l'objet de froideurs, d'isolements. Dans ces cultures, une tendance agressive ne sera pas renforcée, on peut faire l'hypothèse qu'elle s'éteindra. La performance est une valeur de notre culture, l'école y est surinvestie et devient un lieu d'angoisse. Les enfants abandonnés, chose étonnante, ne sont pas anxieux. Ils le deviennent quand on veut les réintégrer socialement et qu'on les met à l'école. Ils font alors des angoisses insoutenables.

13
DE L'AGRESSIVITE

Tous ces liens biologiques, culturels, affectifs, sur quoi s'articulent comportements et parole, constituent les réseaux relationnels dans la famille, le groupe, la nation. Pourquoi ne pas aller jusqu'à la conscience planétaire et, pourquoi pas, cosmique, au sens d'appartenir au monde ? Si je me constitue en tant que Terrien, je n'ai plus tellement de raisons d'aller exterminer tous ces gens, y compris mon voisin.

Les mystiques disent des choses semblables. Le vécu mystique est étonnamment le même quelle que soit la culture. On y retrouve la même sensation de plongée, puis d'explosion, de couleurs, de lumière intérieure. C'est un éprouvé et cet éprouvé semble universel. Peut-être est-on là dans l'essence et l'essentiel de la condition humaine. La réflexion phylogénétique donne le sentiment que plus on évolue vers la complexification du système nerveux, plus se met en place un processus qui tend à échapper à la matière. Avec l'homme, la représentation de la matière peut se réduire à une série de sons articulés ou à quelques signes d'encre sur du papier. La matière est vraiment réduite à la portion congrue. L'homme peut produire un immense univers absent avec une quantité infime de matière. Alors, en effet, pourquoi s'arrêter là ? Pourquoi ne pas, comme dans la science fiction, imaginer un champ sensoriel susceptible de créer l'aptitude à échanger des pensées ou de produire quelque chose qui échappe à la matière ? On arrive à l'univers noétique dont on a déjà parlé.

Si je m'interroge sur ce qu'il faudrait faire pour que l'amour gagne sur l'agressivité destructrice, je me réduis à l'éducation que j'ai reçue. Parce que, tout au moins dans ses livres, ma culture raconte que l'amour, c'est mieux que l'agressivité et la méchanceté.

Ce n'est pas une valeur de toutes les cultures. Il en existe où l'on considère qu'il faut être dur, que l'amour est une vertu secondaire, qu'il faut dominer, et ne pas se plaindre. Je suis convaincu qu'il y a des gens qui pensent comme cela dans notre culture elle-même.

Etre dur au mal pour soi-même n'implique pas de faire du mal aux autres.

Je parlais de ces groupes qui interdisent l'affect parce que c'est une faiblesse. Il y a des cultures, proches de la nôtre, qui ont développé cette attitude. Il y a même des écoles pour cela.

Dans la grande majorité des récits de science fiction les extraterrestres sont cruels, méchants et destructeurs. Ce qui impliquent que seuls les méchants parviennent à ce degré de civilisation technique qui permet de venir nous visiter. Comment peut-on expliquer un tel fantasme, qu'en dehors de la terre il n'y a que des méchants ?

Peut-être par la croyance encore présente que la connaissance est diabolique. Si l'autre dispose de connaissances que je n'ai pas, il a pouvoir sur moi, il m'inquiète.

Les premiers croisés quand ils sont partis ont tué les Alsaciens parce qu'ils ne parlaient pas la même langue. Ils avaient la même religion mais n'étaient pas compris quand ils le disaient. Etranges et incompris, ils étaient dangereux. L'étrangeté angoisse, l'angoisse agresse et déclenche l'agressivité en retour. Je me sens agressé par ce que je ne comprends pas.

On peut tenir le même raisonnement à propos des intellectuels. «Il» dit des choses que je ne comprends pas pour m'humilier, pour me faire honte.

On ne compte plus les guerres et les mouvements sociaux où les intellectuels ont été les premières victimes. On peut résumer ainsi ce processus : si ces extraterrestres viennent me voir avec un savoir que je n'ai pas, ils ont tout pouvoir sur moi. Cette chaîne logique mène, par l'angoisse, à les considérer comme agresseurs.

Parce que je leur prête ma propre agressivité.

Voilà. C'est ce que …

… vous vouliez ne pas dire.

Si. Non. Enfin, je crois que c'est cela, mais je ne voulais pas …

… le dire de cette façon.

Si vous voulez.

Curieusement quand Spilberg ose proposer un extraterrestre gentil, c'est un véritable triomphe. E.T. n'est pas spécialement agressif, ni beau d'ailleurs, c'est le moins qu'on puisse dire.

C'est le propre de l'ambivalence. On passe facilement de la haine à l'amour et réciproquement. Les tyrans sont adorés tant qu'ils sont triomphants ; un pépin social et ils deviennent les boucs émissaires du groupe social. Il existe mille exemples où l'on voit haïr celui qui était adoré la veille. Aucune raison pour que cette ambivalence ne joue pas aussi pour les extraterrestres.

14
DE LA PAROLE...

Vous avez dit que vos observations montraient comment, avant la parole, tous les systèmes d'interaction se mettaient en place. Dès qu'apparaît le langage, l'enfant change de gestualité.

Et de sécrétion d'hormones du cerveau.

Cela, on y reviendra. D'abord la gestualité. Un certain nombre de gestes seraient donc des équivalents paroles dont l'enfant n'a plus besoin dès l'apparition du langage.

C'est mot pour mot ce que nous disons ! Ce qui illustre cette remarque c'est l'apparition du geste de pointer du doigt. La tétine à manomètre et la chaise à bébé sont vraiment les deux mamelles de l'observation des premiers âges. Le bébé est dans sa chaise. On met à distance un bonbon fortement convoité. L'enfant ne peut pas l'attraper. Jusqu'à huit à dix mois, il regarde le bonbon, il tend la main, et tous les doigts, vers le bonbon et vocalise en criant. Il exprime son émotion en direction du bonbon. Si rien ne vient troubler l'ontogenèse, si la fonction maternelle s'exerce normalement, vers dix à douze mois chez les filles et treize à quinze mois chez les garçons, un changement de stratégie interactionnelle s'opère alors : l'enfant voit le bonbon, le convoite, puis dirige son regard vers la personne coprésente (il s'approprie donc deux directions différentes de l'espace) et pointe son doigt en direction du bonbon en même temps qu'il tente d'articuler un mot. Le doigt est le premier référent.

Ce pointé du doigt permet de prédire que l'enfant va parler ?

Oui. Si l'enfant reste les doigts tendus vers l'objet convoité, il n'est pas prêt au langage. Dès qu'il pointe le doigt vers l'objet en s'adressant à la personne affective, il va parler.

Là aussi, il y a comme une spirale hiérarchisée au cours de laquelle se tisse le lien. Est-il légitime de parler, à l'apparition du langage, d'un lien de parole ?

Ah ! Tout à fait ! C'est l'idée que nous proposons maintenant. L'observation en éthologie dispose d'outils techniques pour défendre cette idée. Si l'on enregistre les cris d'un bébé à la naissance et dans les jours qui suivent et que l'on passe ces enregistrements à l'analyseur de fréquences, on voit le cri se moduler progressivement, prendre une forme. Un dessin, une mélodie apparaît, avec des pics de basses et de hautes fréquences. Si l'on filtre les hautes fréquences et qu'on ne laisse passer que les basses, on interprétera ce cri : « Il a encore faim, ce goulu. Il ne pense qu'à manger. » Les basses fréquences sont porteuses d'une émotion enjouée. Si on fait le contraire et qu'on ne laisse passer que les hautes fréquences, l'interprétation sera anxieuse : « Qu'est-ce qu'il a ? Il a encore faim. Il ne me laissera jamais tranquille ! » Les hautes fréquences sont plutôt porteuses d'angoisse. La structure physique du cri est porteuse d'affect et déclenche une émotion. Contrairement à ce qu'on croit, les enfants malades ne pleurent pas. Très souvent, ce que l'analyseur de fréquences analyse c'est le bruit de fond de la pièce, parce que l'enfant gémit au-dessous du bruit de fond. Ce qui soumet complètement la mère. Quand l'enfant ne crie pas, la mère doit le regarder, suppléer par d'autres canaux de communication. Dès que le canal sonore est rétabli, elle sait qu'en cas de problème l'enfant pourra crier, elle peut reprendre un peu de liberté. D'ailleurs, lorsque les enfants sont abandonnés, ils font exactement comme les enfants malades, petit à petit leur cri s'éteint et passe sous le bruit de fond. Quand on les met dans ce que j'appelle les berceaux en carences affectives, les berceaux où ils attendent qu'on leur trouve des substituts maternels, ils émettent des cris, ils se répondent entre eux. On voit apparaître des duos, mais ces duos de berceau à berceau n'ont pas du tout la forme de l'échange quand un adulte interprète leurs cris et leur répond. Ces duos sont brefs, rauques, monotonaux, détimbrés. Cela ne ressemble en rien à la forme de l'expression d'un petit enfant dans un environnement humain baigné de parole. La parole peut être considérée comme une forme biologique.

Là, vous ne parlez que de la mélodie et des harmoniques, disons de l'aspect acoustique. Mais la parole est aussi et surtout porteu-

se d'articulations sémantiques. Quel rôle joue le sens des mots ?

Cela complique tout ! Il y a un dispositif expérimental qui permet de donner un début de réponse à cette question. On dit à un adulte que l'on va filmer sa rencontre avec quelqu'un qui va lui être présenté. En réalité on filmera ses mimiques faciales. Au cours de l'approche et de la rencontre, on va retrouver la danse gestes-regards-paroles dont on a déjà parlé plusieurs fois. On note en particulier que le regard se détourne quelquefois pour ne pas gêner l'autre. On se rapproche : rituel, on se serre la main et la parole commence. Alors, on fait intervenir un mendiant, ou quelqu'un déguisé en mendiant, et l'on voit que la synchronisation est différente, les mimiques ne sont plus les mêmes : la personne filmée ne détourne pas les yeux, elle dévisage l'autre, le regarde « comme une bête curieuse », selon l'expression consacrée. C'est alors qu'on lui dit que l'on va faire venir maintenant un enfant de quatre à cinq ans qui a été martyrisé. L'enfant, bien sûr, n'a pas connu de mauvais traitement, c'est un enfant heureux. Eh bien, l'homme regarde l'enfant comme il regardait le mendiant, « comme une bête curieuse ». Le contenu sémantique a modifié le comportement du sujet observé.

Une information, préalablement fournie à quelqu'un, peut changer son comportement d'entrée en relation. On pouvait l'imaginer. Mais comment cela se passe-t-il, en temps réel, entre deux interlocuteurs ?

On a fait un travail avec des profs de math et de philo. On filme le prof, avec son accord. Le prof de math fait son cours, la majorité des enfants ne comprend pas. C'est normal. Le prof demande : «Qui n'a pas compris ?» Un seul courageux lève la main. Le prof recommence, à la même place, avec les mêmes mots. On fait la même expérience avec un prof de philo. Il fait son cours. Une majorité ne comprend pas. Une ou deux mains se lèvent. Il recommence. Et, la plupart du temps, l'on assiste à une stratégie comportementale différente : le prof change de place, change de gestualité, s'approche de l'élève, utilise d'autres mots. Cela s'accorde avec ce que je vous disais des mathématiques qui sont souvent le refuge de ceux dont la manière de penser évite l'affect : alors que la philosophie exige une interaction plus émotionnelle.

Très bien. Mais je voudrais revenir au sens des mots et à la conversation interpersonnelle, sur quoi vous n'avez pas encore répondu. J'insiste parce que je vous ai entendu dire que la parole avait un effet biologique. Or, la question que je me pose c'est : a-t-on fait une analyse de l'influence respective de la couleur de la voix, des inflexions et du sens des mots ?

Je ne sais pas si je réponds de façon satisfaisante, en vous présentant l'expérience des «chaises parlantes». On demande à deux personnes de converser entre elles. On met les chaises à une assez grande distance, trois ou quatre mètres par exemple. Les interlocuteurs sont obligés de parler fort, leurs gestes sont larges, peu évocateurs, le contenu du discours est dépourvu d'intimité. On rapproche les chaises. Au fur et à mesure que les chaises se rapprochent, la voix baisse d'intensité, les sourires s'épanouissent, les gestes s'harmonisent, le discours devient plus intime.

Le discours le plus intime qui soit, le discours amoureux, suppo-

se les interlocuteurs l'un contre l'autre et la parole chuchotée.

Bien sûr. Cette parole chuchotée se transforme en toucher. Quand quelqu'un chuchote contre notre joue, c'est une caresse. Et l'émotion n'est pas la même quand une femme nous chuchote contre la joue un mot tendre et quand quelqu'un nous assène un discours à quelques mètres. Cela ne correspond pas du tout à la même sécrétion de neuro-hormones ou de catécholamines.

Qui penserait le contraire ! Mais, vous supposez là que le sens des mots et la façon de les parler sont en harmonie. Or, ils peuvent très bien être en contradiction. Par exemple, on peut chuchoter tendrement des mots d'insulte.

Il en résulte souvent une désorganisation psychophysiologique chez celui qui subit cette contradiction. Laing, un des premiers antipsychiatres, et l'école de Palo Alto ont effectivement construit leurs travaux à partir de cette remarque.

Le double lien...

Exactement. Le psychotique dit souvent des choses effrayantes avec le plus gentil sourire. En face de quoi, il est difficile d'avoir une attitude cohérente. On a du mal à se synchroniser, à entrer dans la danse interactionnelle. C'est pour cela que certains patients nous épuisent, alors que d'autres nous «soignent» bien.

Je pense au travail de Frey qui a observé un psychiatre et son patient, en les filmant sur un mur quadrillé. Il a croisé le contenu du discours et l'attitude des personnes parlantes : plus le patient était déprimé, plus le psychiatre piquait du nez.

On peut donc parler d'une véritable contagion émotive transportée par la matérialité du mot et où le sens participe bel et bien. Il y a le sens des mots et ce qu'on appelle la métacommunication : tout ce qui entoure le message sémantique.

Oui. Avec le message on communique une émotion par tout un faisceau de signes plus ou moins facilement perceptibles. Et les étholinguistes sont arrivés à la conclusion que l'essentiel d'une conversation passe plus par les signes de l'émotion que par l'information strictement sémantique de la parole.

15
...A L'HYPNOSE DE FOULE

Je vais encore faire un retour en arrière pour avancer.

Reculer pour mieux sauter.

Peut-être. La capacité de fantasmer, d'élaborer des théories, des dogmes, bref toute une série de productions de l'esprit sont (je reprends vos propres termes) tranquillisantes. Seraient-elles donc, en d'autres termes, des équivalents-médicaments agissant sur la chimie du cerveau ?

Pour tenter de répondre à cela, je vous rappellerai deux points déjà évoqués : d'une part l'influence de la privation affective chez les enfants sur la sécrétion des hormones de croissance et la structure du sommeil; d'autre part, l'atrophie cérébrale comme conséquence du regard social à propos des enfants nés d'inceste.

Pour pousser l'idée d'une autre manière, on pourrait considérer ce que j'appellerai la biologie de l'hypnose de foule, à propos du sentiment d'euphorie que les gens éprouvent après avoir participé à un lynchage. C'est scandaleux à dire, mais après un lynchage les gens rentrent chez eux avec le sentiment apaisant du devoir accompli. Et ce sentiment apaisant vient de «l'être ensemble», de la théorie commune, de l'acte contre le vil représentant du mal. Je l'avais déjà lu chez Mannoni et d'autres sociologues. J'ai eu l'occasion de l'entendre en psychothérapie, il n'y a pas longtemps. On peut sans doute généraliser ces conclusions à tous les phénomènes de foule ou de masse où cette synchronisation affective crée cet état euphorique qu'on constate après les meetings, les conférences réussies, etc. Des études mériteraient d'être realisées sur la biologie de l'effet euphorisant de foule. Déjà, en sociologie, des observations troublantes ont été faites sur les phénomènes d'hypnose de foule, on pourrait dire socio-cliniquement (les travaux de Moscovici, Canetti, Mannoni ...). Quand il s'agit de gens qui se réunissent à propos d'un événement, on peut définir cette synchronisation comme un effet de masse. Le fait d'être là n'est pas dû au hasard. On est venu au rendez-vous. Il y a une complicité à priori, inconsciente mais réelle.

C'est sur ce terrain préalable que vient se greffer le phénomène de mise en phase que connaissent bien tous les artistes, les hommes politiques, que connaissait bien Lacan, qui avait le génie de la mise en phase.

Cela se joue essentiellement dans ce qu'on appelle la métacommunication.

Oui. Il savait en jouer. Dans son auditoire, il y avait surtout des gens qui étaient là pour l'écouter et se sentir vivre un événement exceptionnel et cet état d'être ensemble donnait l'impression d'avoir fait une grande découverte en commun. Ceux qui ne comprenaient pas, ne participaient pas à cette euphorie, étaient exclus du groupe. On retrouve là l'idée de tout à l'heure, que la religiosité a pour fonction à la fois de coordonner ceux qui adorent, qui sont comme hypnotisés par la même métacommunication. Et ceux qui ne se laissent pas théoriser sont excommuniés, exclus. Ils doivent aller penser ailleurs.

Ce qui peut déclencher l'agressivité.

Oui. Des deux côtés. Et quand on cherche à théoriser cela — on cherche souvent des arguments pour justifier l'agressivité — on est plus près de la rationalisation dont parlait Ernest Jones que du raisonnement.

C'est ce phénomène de mise en phase qui fonctionne au théâtre, disons dans tout spectacle vivant, par la coprésence acteurs-spectateurs, mais que se passe-t-il avec la télévision ?

Il existe aussi une hypnose télévisuelle, mais de nature différente, sensorielle, liée à la rythmicité des mots et des images. On peut parler à son propos de phénomène de masse, bien sûr. Certains de mes patients me disent qu'après certaines émissions, ils ne prennent pas de pillule pour dormir. Par exemple Patrick Sabatier est un bon tranquillisant.

Effet de masse, effet de foule, il y a beaucoup de similitudes, donc. Il peut y avoir manipulation dans les deux cas.

Oui. Mais la foule fait peur, non seulement parce qu'elle peut être manipulée, mais aussi parce qu'on voit l'effet de la manipulation sur place et en temps réel, si j'ose dire.

Est-ce qu'on peut émettre l'hypothèse que dans un effet de foule, de lynchage par exemple, la mise en phase des cerveaux sécrètent des endorphines qui vont les euphoriser, les tranquilliser ?

On peut.

Bon. J'ai lynché, je me suis défoulé, je me sens bien. Mais , l'effet de ces productions endogènes va s'estomper et les petites fourmis de la culpabilité devraient venir me visiter.

Quand l'extase amoureuse sera terminée, oui, cela va commencer à trotter. Mais pendant l'événement, l'euphorie correspond vraisemblablement à une synchronisation des cerveaux. Evidemment, on ne l'a pas fait, c'est irréalisable, mais si on pouvait faire un électroencéphalogramme de tous les cerveaux d'une foule en cet état, on y trouverait probablement des convergences significatives.

Et si quelqu'un arrive à se soustraire à cette synchronisation, il échappe à l'effet de masse, il garde son esprit critique.

Oui. Il s'exclut de la communauté, ou il en est exclu. Et il se met en situation d'être une victime. Rien n'assure mieux la coordination d'un groupe qu'une victime commune. Le phénomène du bouc émissaire décrit par René Girard, se retrouve même chez les animaux. J'observe beaucoup les goélands : rien ne forme mieux un couple que l'agression sur un troisième goéland, ou une chasse partagée. Cette synchronisation du désir émerge du biologique.

Au fond, il suffit d'être deux pour que ce système fonctionne. Nous nous rencontrons, nous sommes en opposition de phase, c'est l'angoisse et l'agressivité. Nous nous mettons en phase, on se sent bien.

A force d'être d'accord, on finira par ne plus avoir d'idées !

L'ennui viendra créer la rupture.

Voilà. On ferait un couple parfait !

Je n'ai pourtant pas l'impression qu'on s'endort.

C'est que, sous l'accord apparent, il y a quand même un chat qui attend la souris.

Lequel des deux est ...

Je vous le demande.

Bon.

16
DE LA PAROLE COMME D'UNE MOLECULE

Au fond, aussi bien effet de masse que médicaments psychotropes me paraissent intervenir sur la métacommunication. C'est moins le sens des mots qui va avoir un effet tranquillisant ou angoissant que ce qui enveloppe le message sémantique à proprement parler.

Oh ! une idée peut aussi provoquer une modification de notre biologie. Une mère qui se pense soumise à sa culture parle peu à son enfant et, par conséquent, participe mal à son développement. Alors qu'une femme qui se pense libre, capable de décider, de résister, de s'opposer, parle plus, sourit plus, interagit plus avec son enfant et favorise son développement. Voyez-vous, la simple idée abstraite qu'une femme se fait d'elle-même modifie les sécrétions neuro-hormonales de leur enfant.

En fait, l'idée qu'elle a d'elle-même modifie son comportement qui, par métacommunication, modifie la biologie de l'enfant.

Peut-être, mais l'idée que se fait la mère d'elle-même modifie sa biologie qui modifie son comportement.

D'accord. Ces constats sont récents et assez peu véhiculés dans la presse, spécialisée ou non.

Nous allons nous y employer. Vous savez, la première fois qu'on a parlé du nanisme affectif, on a provoqué beaucoup de sourires. Or, toutes les associations qui sont rentrées de Roumanie, il y a quelques temps, sont revenues avec en tête l'idée que ces enfants avaient une taille étonnamment petite parce qu'ils étaient en carence affective. Les idées entrent dans la culture un peu sur le modèle synaptique : on parle , cela ne passe pas ; on informe, cela ne passe toujours pas, etc., et puis un jour, le récepteur est sensibilisé, la même idée qu'on répète depuis des années passe et se propage vite.

Vous pensez que cela va pénétrer bientôt.

Cela commence. Dans les années qui viennent on apprendra à raisonner comme cela.

Vous avez une idée des théories existantes qui vont résister le plus ?

La théorie de la bonne graine, cette idéologie qui s'alimente à une certaine idée du chromosome. Le tout génétique n'est pas une idée de généticien. C'est un effet pervers, en quelque sorte.

La plus forte résistance est là, dans l'idée que le milieu n'y est pour rien, qu'il y a une bonne et une mauvaise graine.

On risque de se tromper sur votre compte aussi et de vous prendre pour «monsieur tout milieu».

C'est vrai que le chromosome est à l'extrême droite, que le milieu est (bizarrement) à l'extrême gauche et que nous, nous nous tenons à l'extrême centre.

Ce n'est pas une position si facile à tenir. Vous posez l'impossibilité de s'individuer sans être ensemble et tout à la fois les dangers de l'«être ensemble», qui sécrète la disparition de l'individu et l'intolérance dans l'effet de foule et/ou la religiosité.

On ne mesure pas l'intérêt d'une recherche par la facilité qu'elle offre à tenir une position.

Quelle que soit l'importance que l'on accorde à l'influence du milieu, la biologie a ses lois. Par exemple, un enfant qui ne parle pas après la période sensible, sept à huit ans, aura beaucoup de mal à apprendre à parler. Un enfant qui, pour des raisons psychologiques, se balance en position dite fœtale (le choix du mot est déjà une interprétation) reste pendant des mois, des années ainsi, ses articulations vont s'ossifier, se bloquer, il ne pourra plus marcher. Penser quelqu'un irrécupérable le rend irrécupérable biologiquement quand la période sensible est dépassée.

Le dispositif de communication interpersonnelle fonctionne à deux ou à plusieurs. Et ce que j'entends, c'est qu'il a des effets équivalent-médicament.

Mais, ce qu'on oublie à peu près toujours, le médicament mime parfois la nature. Enfin, il souhaiterait la mimer. Si un tranquillisant est efficace — je fais ici l'économie des effets secondaires — c'est parce qu'il mime un produit naturellement sécrété par l'organisme.

Alors la psychothérapie se sert de la parole comme la psychiatrie se sert de molécules.

Absolument. Certaines interactions langagières ont une fonction tranquillisante et d'autres peuvent avoir, à l'inverse, une fonction toxique ou angoissante.

Et la parole aurait sur l'organisme une influence matériellement repérable ?

Tout à fait. Il me semble vous en avoir donné des illustrations assez convaincantes. On peut ajouter, pour conforter cette idée, l'exemple des personnes qui ont connu des choses indicibles. Soit qu'elles n'ont pas la force émotive de les dire : cela réactiverait pour elles des souffrances insupportables, soit qu'il y ait un interdit ou l'absence d'une présence pour les entendre. Chez cette population, qui n'arrive pas à parler sa souffrance, on trouve les ulcères, les crises d'asthme, les urticaires et vraisemblablement d'autres pathologies dont on connaît moins bien les chaînons intermédiaires des modifications biologiques. Une tension due à une émotion mal traitée — c'est le cas de le dire ! — modifie les profils électrophorétiques, les sécrétions d'immunoglobuline… Dans d'autres populations, qui ont aussi connu des expériences terribles mais qui ont pu parler leur drame, les sécrétions neuro-endocriniennes sont différentes (cela se mesure) et il n'y a pas de manifestations somatiques. Cela indique que la parole, en tant que traitement de l'émotion, a des conséquences biologiques.

Il s'agit là de l'effet produit sur celui qui se parle lui-même. Mais il y a aussi l'influence que peut avoir ma parole sur votre corps à vous. Vous disiez à l'instant qu'il y a des interactions langagières toxiques et d'autres tranquillisantes.

Oui. Alors, pour vous répondre, pardonnez-moi le petit détour que je vais faire, par le travail que Dantzer a fait sur le stress des cochons. Voilà : pendant leur transport à l'abattoir les cochons meurent de stress. Leur viande est inconsommable. C'est une catastrophe économique. Comment faire pour éviter ce stress ? On a trouvé deux méthodes : l'injection de Valium® qui supprime le stress et une méthode plus naturelle qui consiste à le faire voyager avec un objet familier, un autre cochon avec qui il a été élevé, par exemple. Dans ce dernier cas de figure, il a la perception d'un objet sensoriel tranquillisant, il arrive à l'abattoir en bon état et sa viande n'a pas un goût pisseux. Si vous dites au cochon : «Tu stresses, mais n'aie pas peur, ta mère va revenir…», vous n'obtiendrez pas un franc succès. Mais pour un enfant qui part en train tout seul et qui stresse et à qui vous dites : «Ne pleure pas, dans quelques minutes maman reviens…», cette parole peut avoir un effet tranquillisant. Cela reprend l'idée, que je vous proposais tout à l'heure, d'échappement à la matière. Le cochon ne peut pas échapper à l'immédiateté des stimulations. Avec la parole, qui permet l'appropriation du temps, on peut angoisser ou rassurer en se souvenant, comme en anticipant.

On a toujours a peu près su, ne serait-ce qu'empiriquement, qu'une parole pouvait être consolante ou inquiétante et que le fait de parler certaines choses pouvait soulager. Ce qui est nouveau, c'est le repérage matériel des modifications biologiques. Donc, «de la parole comme d'une molécule» n'est peut-être pas une métaphore, ni une provocation, mais une réalité. On arrivera peut-être à doser l'effet moléculaire de la parole.

Pourquoi pas ?

Alors la guerre que se livrent les thérapeutes de la parole et les psychiatres de la molécule est une guerre inutile, dépassée. Ne pourrait-on admettre le langage comme interface accessible entre l'organe et la psyché ?

Si l'on accepte de raisonner sur ce que j'appelle la biologie périphérique, c'est-à-dire la sensorialité qui passe entre deux personnes, on constate que la parole peut avoir des effets biologiques et les médicaments des effets paroliers.

Comment définir le domaine de chacun ?

Je ne crois pas qu'il puisse y avoir un traitement purement psychologique et un autre purement moléculaire. Quand on donne un antidépresseur à un déprimé, il se met à bouger, à parler et son transfert change de forme. Prescrire une molécule à un homme c'est changer ses émotions, le traitement de son information. On provoque un remaniement affectif et cognitif de l'univers qu'il perçoit. Donc, il se perçoit différemment. Il va changer ses relations, ses interactions. Corollairement, en parlant on modifie les interactions émotives. C'est le même raisonnement avec un autre mode d'entrée dans la chaîne. Le mode d'entrée est prescription moléculaire : l'homme parle différemment. Le mode d'entrée est prescription verbale : l'homme interagit émotivement différemment. Le système est modifié quel que soit le mode d'entrée.

Mais je crois qu'on est victime de nos représentations.

Avant d'être psychothérapeute ou chimiothérapeute, on a un a priori théorique fondé sur notre représentation de l'homme.

Certains veulent que l'homme soit essentiellement un être de parole, ils nient l'existence du corps : ceux-là ne s'intéresseront jamais aux découvertes biologiques. Les autres voient en l'homme un être biologique, pour eux le langage ce «ne sont que des mots». Ceux-là ne s'intéresseront qu'au métabolisme, ils ignoreront toujours l'importance de la parole.

Il s'agit pourtant d'une relation dialectique. Il faut faire des progrès dans l'utilisation de la parole, et il faut faire des progrès dans la finesse d'action des molécules, qu'elles se spécifient aux bons récepteurs.

Les pharmacologues le font de mieux en mieux. C'est quand même encore follement imprécis. Ils contrôlent de mieux en mieux la toxicité immédiate. Mais quand on prend une molécule, le corps entier est baigné par cette molécule.

Mais, qui peut affirmer que le corps n'est pas entièrement baigné par la parole ?

Non seulement le corps mais notre univers entier est baigné par la parole. Nos objets sont infiltrés par nos paroles. Ce qui nous différencie des animaux. Canguilhem a dit : « Un hérisson ne traverse pas la route. » C'est une jolie phrase. Moi, je dis : mon chien et moi possédons une commode Louis XIII. La preuve, c'est que quand on s'approche de la commode, l'un et l'autre on la contourne. Pour mon chien ce n'est qu'un obstacle. Pour moi, c'est une commode que je nomme « Louis XIII », qui est liée à l'histoire de mon couple — ma femme en a hérité de son oncle. Si bien que de nous deux, mon chien et moi, je suis le seul à pouvoir me cogner contre une commode Louis XIII, lui, se cogne contre un obstacle en bois.

Et à pouvoir bénéficier d'une psychothérapie verbale.

Le cas échéant.

Peut-on espérer qu'une synthèse vienne un jour prochain rapprocher ces deux tendances ?

Je le crois. Vous savez c'est comme pour les Jeux Olympiques. Jusqu'à présent, pour avoir une médaille, il faut se spécialiser, en vitesse, en lancer, en saut en hauteur, etc. Les spécialistes finissent par ne plus pouvoir communiquer : un sauteur ne lance pas le poids et réciproquement un lanceur ne saute guère. Mais l'ère du décathlonien est en train de venir. On fera des performances un peu moins grandes que les spécialistes mais on pourra communiquer, parler entre nous. Et cela nous fera le plus grand bien.

Le mariage du troisième ligne et du décathlonien...

Je n'osais pas le dire.

Tout de même, pour reprendre cette idée : «on découvre ce que l'on pense déjà», autre formulation de «on ne trouve que ce qu'on cherche», est-ce que ce n'est pas inévitable ? Est-ce que ce n'est pas ce qui vous arrive ?

Oui. Il faut une idée pour observer. Mais parfois on tombe sur autre chose que l'hypothèse de départ.

Est-ce que l'on ne bute pas contre cette aporie où plus on essaie d'en sortir moins on en sort ?

C'est l'aporie de l'oignon pour reprendre une de vos images. Vous voyez, l'oignon peut avoir un grand rôle épistémologique. Rappelez-vous le remarquable travail du maître de Lacan, Clérambault, sur le fétichisme parce qu'il était lui-même fétichiste. Ce qu'on peut faire, c'est être conscient qu'on est dans le système du : «on découvre ce qu'on pense déjà».

Vous même vous théorisez. Vous allez construire à partir de vos travaux, si ce n'est déjà fait, une théorie qui aura les vertus tranquillisantes et endormissantes que vous dénoncez dans les autres théories.

On peut pallier le risque d'endormissement en instillant, j'y reviens, la bonne dose de doute.

Donc d'angoisse.

Oui, pourquoi pas. L'évidence est un leurre, un piège. Rien n'est moins évident que l'évidence. Changer de théorie, c'est déclencher l'angoisse, les conflits de groupe, les exclusions.

Mais il n'existe pas une seule théorie qui ne soit morte. Les théories s'usent en se transformant en idéologie.

Si l'on ajoute au doute et à l'angoisse la capacité de vivre l'approximatif et le provisoire...

C'est encore mieux. Les pierres sont beaucoup plus stables que nous. La plasticité caractérise le vivant. Il faut savoir que l'on est définitivement dans le provisoire.

Un provisoire définitif, c'est un paradoxe.

Apparent. Car on ne sort du provisoire que pour entrer dans la mort... et encore...

LE LEXIQUE DE BORIS CYRULNIK

Adaptation. Mot organisateur de la pensée de certains éthologues très imprégnés par Darwin.

C'est l'expression privilégiée de certains potentiels d'un organisme qui lui permettent de s'incruster dans un milieu physique et vivant.

Ces adaptations peuvent être génétiques (mutation, sélection), morphologiques (pattes fouisseuses de la taupe), physiologiques (fonction d'accélération du cœur à l'effort), comportementales (ajustement postural du bébé dans les bras de la mère) ou intellectuelles (récitation commune d'une théorie qui permet à certains «penseurs» de s'adorer en adorant le même totem intellectuel).

Cette adaptation peut être aussi phylogénétique (transmise à travers les générations), populationnelle (modification stable d'un caractère au sein d'une population), habituationnelle (augmentation du stimulus sensoriel pour obtenir la même réponse), etc. (Klaus Immelmann : *Dictionnaire de l'éthologie*, Pierre Mardaga, Bruxelles, 1990.)

Analogie. L'évolution adaptative crée une même forme apparente, alors qu'il n'y a aucune parenté génétique. Exemple : l'aile des oiseaux a fini par prendre la même forme et la même fonction que l'aile des insectes, alors qu'à l'origine il s'agissait de doigts pour les oiseaux et d'un morceau de carapace chitineuse pour les insectes. Preuve du façonnement morphologique par les pressions écologiques.

Différencier l'analogie et l'homologie pour faire chic dans les discussions.

Anthropomorphisme. Consiste à attribuer aux animaux ou aux dieux des phénomènes spécifiques à l'univers physique et mental de celui qui parle.

Pensée proche de la projection des paranoïaques. Révèle notre grande difficulté à nous décentrer pour concevoir que d'autres univers que le nôtre existent.

Très amusant piège de la pensée, rendu inévitable par la parole qui, conçue pour un univers d'hommes, tente de s'appliquer à des univers d'animaux.

Apprentissage prénatal. Très facile à observer chez les oiseaux, chez qui l'utérus se trouve hors de la mère (dans le langage courant, on appelle ça un œuf).

Très facile à observer chez les marsupiaux où les petits prématurés s'enfuient parfois de l'utérus maternel à ciel ouvert, mais s'y réfugient précipitamment en cas d'information angoissante.

Le petit d'homme commence à apprendre dans la femme, mais ces observations provoquent tellement d'émotions qu'elles sont combattues ou défendues pour des motifs idéologiques souvent inavoués.

Attachement. Concept éthologique très répandu qui a fait la fortune de J. Bowlby et une bonne recette pour Cyrulnik (Cyrulnik Boris : *Sous le signe du lien,* Hachette 1989, 12 F de droits d'auteur par livre).

C'est la seule information précise sur ce concept qui, par ailleurs, est particulièrement flou.

Il s'agirait d'une trace mnésique imprégnée dans le récepteur par un congénère privilégié, un lieu ou un objet qui deviennent très investis par la constitution psycho-biologique du sentiment de familiarité.

Comportement. L'éthologie est un comportementalisme. Mais l'éthologie doit mépriser le comportement behavioriste (trop stimulus-réponse), doit ignorer le comportement neurophysiologique, et adorer le comportement signifiant. Exemple : ensemble de gestes, d'attitudes, d'émissions chimiques, sonores ou colorées qui signifient l'agression. Autre exemple : la syntaxe comportementale qui signifie la parade sexuelle, ou le désir de rencontre, ou la crainte de la rencontre. Ce comportementalisme se décrit donc comme une structure de l'entre-deux, où chacun modifie l'autre.

Comportements signifiants. Cette attitude intellectuelle permet de décrire un univers de comportements signifiants.

- comportements agonistiques : rivalité, aide entre individus;

- comportements ambivalents : les pattes postérieures poussent vers l'avant tandis que les pattes antérieures freinent;

- comportement anti-inceste : la fuite, l'agressivité, la soumission, la frayeur, la périphérisation, l'enlèvement des femelles par des jeunes mâles étrangers (Sabines chez les macaques), empêchent la réalisation de l'acte incestueux;

- comportements autocentrés, cognitifs, conflictuels, d'apaisement, d'attachement, d'avertissement, de confort, de contact, de marquage, de menace, de quémandage, de fuite, d'expression, de jeu, de soins aux petits, de cohésion sociale, etc. (Klaus Immelmann : *Dictionnaire de l'éthologie,* Mardaga 1990).

Empreinte. Aptitude biologique aux acquisitions précoces, rapides et durables. Les autres apprentissages seraient plus laborieux et plus faciles à «effacer».

Un être vivant peut s'imprégner à son biotope (les goélands reviennent parader sur leur site d'origine), à un aliment qui une fois imprégné devient préférentiel, à un chant qui désormais caractérise l'empreinte vocale de la mère.

Cette assimilation lors d'une rencontre avec un objet extérieur, lors d'un moment où l'organisme est particulièrement réceptif, permet l'incorporation de l'objet qui désormais devient intérieur au sujet.

Les neuro-biologistes parlent d'empreinte neuronale quand la sensibilisation hormonale et la première trace synaptique frayent un circuit dans le cerveau.

L'éthologie animale décrit dabord l'empreinte filiale et l'empreinte sexuelle.

L'empreinte olfactive permet d'expliquer le retour au gite des poissons migrateurs (saumons) et des mammifères macrosmatiques (rats, chiens, chats).

L'applicaiton de ce concept à l'homme n'est pas acceptée par de nombreux éthologues qui pensent que l'empreinte donne une image trop déterminée de l'homme.

Il est pourtant difficile de ne pas constater l'extrême aptitude du petit d'homme à acquérir n'importe quelle langue entre le vingtième et le trentième mois ; la constitution si facile du sentiment de familiarité lors de la jeunesse ; l'étonnant pouvoir d'évocation d'un souvenir très ancien par une stimulation olfactive (Proust) et le retour en conscience et en rêve des premiers événements et de la première langue lors des atrophies cérébrales du grand âge.

Ethologie humaine. Il ne s'agit en aucun cas d'appliquer à l'homme les conclusions d'observations animales. Au contraire même, plus on se forme à l'éthologie, plus on souligne la spécificité humaine.

Dans les années soixante-dix, on marquait les limites de l'éthologie humaine en nous disant : «L'éthologie de l'homme s'arrête à la parole.» Avec le recul, cette idée paraît aussi pittoresque que si on nous demandait de faire la description comportementale d'un poisson hors de l'eau. Serait-ce vraiment naturel ?

Il s'agit d'une psycho-biologie du comportement humain. La description se fait par l'extérieur. (L'observateur devrait se mettre dans la position d'un Martien observant cette curieuse espèce humaine). L'observation par l'intérieur est, par ailleurs, très bien faite par les romanciers, les artistes et les psychanalystes.

Cette structure comportementale se met en place dans l'entre-deux (enfant-enfant, homme-femme, homme-animal, foule, etc.). Le bénéfice adaptatif d'une structure, c'est qu'elle permet une fonction. L'«être-ensemble» devient alors une possibilité psycho-biologique.

L'«être-ensemble» des rats prend donc une forme totalement différente de l'«être-ensemble» des hommes.

L'ontogénèse, la manière dont se mettent en place ces structures ajoute une coloration développementale à ces descriptions. Exemple : l'apparition de la parole chez le petit modifie radicalement sa gestualité.

La phylogénèse ajoute une dimension évolutive à travers les innombrables générations. Exemple : l'apparition de l'homéothermie permet d'échapper aux contraintes climatiques. L'invention technique de ce contrôle climatique par l'homme emballe cet échappement, hors de l'écologie naturelle.

La comparaison d'un même geste à travers les cultures affine les descriptions des ethnologues. Exemple : quelle que soit la culture, un rituel de rencontre doit exprimer un sourire et un geste d'accueil paumes ouvertes. Mais la forme que prend cette structure dépend de sa culture. Exemple : on pleure en accueillant chez les Yanomanis ; on met le dos de sa paume en avant chez les Italiens.

Les historiens sont invités à participer à cette étho-ethnologie. Exemple : qui parle à table lors de la Renaissance en France ? Il est convenable que ce soit le fils ainé.

L'éthno-psychiatrie décrit les troubles de la synchronisation de la conversation chez les schizophrènes, l'étonnante normalité de la conversation avec les déprimés, les changements d'expression des émotions avec les psychotropes.

Figures d'attachement. Un ensemble d'informations répétées, une configuration de stimulus organisés finissent par constituer une forme sensorielle stable, formatrice de la perception du milieu.

Chez les nourrissons humains, les réponses sociales sont d'abord suscitées par un large éventail de stimulus. La permanence de ces stimulus va faciliter ces réponses. Cette expérience éprouvée de l'échange sensoriel va créer un lien affectif privilégié entre cette figure-là et ce nourrisson-là. Les premiers mois de la vie où le petit perçoit la première figure maternelle créent une période sensible de la perception. Vers le sixième, huitième mois, la maturation cérébrale et les premiers échanges permettent de différencier une figure étrangère d'une figure familière et d'observer que les profils comportementaux en réponse à ces figures sont déjà très différents. Quand la figure d'attachement s'éloigne, le petit invente déjà des stratégies adaptatives différentes selon l'individu et déjà les retrouvailles sont elles aussi différentes, révélant ainsi la personnalisation extrêmement précoce du petit d'homme.

L'éthologie humaine s'enracine donc dans la famille des sémiologies.

Fonction. L'évaluation d'une fonction en introduisant des variables parfois expérimentales parfois spontanées, permet de comprendre la signification biologique d'une structure.

Le mot «signifiant» appartient au vocabulaire de la biologie depuis très longtemps (Claude Bernard, Von Uexküll). Mais son assimilation récente au vocabulaire de la linguistique et de la psychanalyse en a un peu changé la définition.

Les psychanalystes nous ont déjà fait le coup avec le mot «inconscient» qui d'abord a appartenu au vocabulaire du naturalisme (A. Carus) avant de connaître son glorieux destin (S. Freud).

Inhibition. Sa manifestation observable en est le ralentissement et la non-réalisation d'un comportement alors que le travail intérieur coûte beaucoup d'énergie, comme un frein qu'il faut serrer très fort pour ralentir ou stopper.

Toutes les superstructures sont inhibantes : le cortex inhibe les sous-structures limbiques, la parole inhibe les actes, une structure sociale peut inhiber l'explosion active d'un individu, une structure affective comme l'attachement inhibe le passage à l'acte sexuel.

Inceste. A un niveau biologique, l'inhibition de l'inceste est régulièrement observée chez les animaux en milieu naturel (N. Bischoff, B. Deputte). Cette inhibition de la sexualité (nommée « inceste », par l'observateur humain) est donc de nature sous-structurale. L'inhibition du désir sexuel est renforcée par l'interdiction de l'inceste dont la superstructure verbale référe à des structures de parenté qui n'existent que dans la verbalité. Exemple : le mot inceste réfère aujourd'hui à une relation sexuelle entre un beau-père et sa belle-fille, alors qu'à l'époque de Molière le beau-père épousait le plus légalement du monde sa belle-fille. Le mot inceste en Chine interdit les relations sexuelles entre personnes qui portent le même nom, alors qu'en Occident le nom de famille ne constitue pas une barrière sexuelle.

Isolement. Le fait de s'appliquer à décrire l'entre-deux permet de comprendre la fonction de l'entre-deux qui optimise les compétences de chacun des deux.

Il s'agit d'une biologie périphérique qui, circulant entre les deux, permet l'expression biologique, comportementale, émotive et psychologique de chacun des deux.

C'est pourquoi être seul ce n'est pas être.

Cette privation sensorielle de l'autre, accidentelle ou expérimentale, totale ou partielle, constitue une très grave amputation biologique.

Au cours de l'ontogénèse du petit d'homme, la privation de l'autre est d'abord sensorielle : privation d'odeur, de chaleur, d'images, de sourires, de manipulations tactiles et posturales et de paroles (en tant qu'objets sonores incarnant de l'affect).

Dès que le développement de l'appareil psychique permettra de sémantiser cet objet sonore parolier, la privation de parole de l'autre réalisera une amputation psychologique, un arrêt du développement de cet appareil psychique, privé de l'accès à un monde interpersonnel.

Néoténie. Terme qui en biologie désigne le ralentissement de tous les developpements.

S'observe chez les oiseaux dans les conditions de pléthore écologique et chez les mammifères, dans les conditions domestiques.

Adaptation biologique à un environnement de pléthore, le bénéfice de ce ralentissement semble constitué par la possibilité de poursuivre longtemps le développement de son répertoire génétique. Cette prolongation de développement s'observe par la juvénilisation des êtres vivants néoténiques, qui jouent plus longtemps, donc apprennent plus longtemps, et se diversifient plus, que les mêmes organismes dans des conditions écologiques difficiles.

Cette observation pourrait-elle servir d'hypothèse pour décrire et expliquer la longueur encore jamais vue de l'adolescence occidentale ?

Population. Darwin a été le premier à tenter le raisonnement populationnel. Tous les individus d'une même espèce, vivant dans un même espace, créent une entité populationnelle où vont se jouer des effets biologiques et des comportements sociaux.

C'est là que se joue le drame de la mutation-sélection. Ce concept quotidiennement utilisé par les éleveurs a donné de véritables tragédies sociales quand il a été appliqué à l'homme : le darwinisme social nazi.

Chez l'animal, ces raisonnements populationnels permettent de décrire les «dialectes», plutôt les sonorités qui caractérisent l'accent d'une population de goélands. Ils permettent surtout de décrire la transmission à l'intérieur d'une population de semblables, d'un comportement qu'on n'observe pas dans une autre population d'une même espèce. Exemple : les pinsons anglais savent décapsuler les bouteilles de lait, alors que les pinsons français en sont incapables. Certains macaques savent laver les patates douces et les saler, alors que d'autres macaques les mangent ensablées. Ces comportements se transmettent de mère à enfant, et caractèrisent la «tradition culinaire» de cette population-là. Se pose le problème d'une «culture» animale.

Les raisonnements populationnels chez l'homme permettent de dévoiler les effets biologiques du regard social : les populations d'enfants nés d'inceste en Occident ont une mortalité-morbidité voisine de 40 %. Alors que certaines populations de Touaregs issues d'incestes véritables (frère et sœur chassés dans le désert pour des motifs politiques) donnent des populations de descendants en parfaite santé : ce qui tue dans l'inceste, c'est le regard social bien plus que le chromosome (à condition qu'il n'y ait pas de tares dans le pool génétique initial).

Posture. Chez les animaux, les postures étaient facilement «parlantes» : posture de menace d'un chien, posture de jeux d'un chaton, de soumission, de sommeil, de quémandage alimentaire. La communication du message entre espèces différentes passe étonnamment bien.

Ce n'est que récemment que les postures humaines ont été observées : ajustement postural du bébé dans les bras de sa mère, posture d'invitation au jeu, au bavardage ou à l'échange affectif, postures conversationnelles entre enfants et adultes (Klaus Immelmann, ibid.)

L'étude psychologique des postures provoque généralement beaucoup d'inquiétude de la part des observés. Ils veulent bien se confier par la parole, mais pas par la posture, comme si le corps parlant pouvait trahir la vérité masquée, en laissant s'exprimer les véritables intentions.

En fait, l'observation des conversations mène à penser qu'il y a autant de mensonges posturaux que de mensonges verbaux. Le corps peut donner à voir certains gestes qui dévoilent l'authenticité cachée, comme le lapsus donne parfois à entendre la pensée inconsciente enfouie sous les paroles conscientes.

Ritualisation. Lorsque la signification d'un comportement est utilisée pour améliorer la communication, sa structure est exagérée pour améliorer sa fonction de signal (Klaus Immelmann, ibid.). Ainsi les parades sexuelles utilisent des signaux odorants, colorés, sonores et posturaux qui, par leur effet caricatural, communiquent le maximum d'information révélant la motivation sexuelle des paradeurs. Cette ritualisation sensorielle comportementale a pour fonction de synchroniser la sexualité des partenaires.

La perte des rituels désynchronise l'organisme et crée la violence des actes et des émotions.

Chez l'homme, les rituels ethnologiques prennent des formes très variables selon les cultures. Les codes comportementaux sont très fortement intériorisés au point de devenir non conscients. Tout manquement à ces rituels provoque instantanément une sensation d'étrangeté, d'impolitesse choquante, ou de malaise grave (E. Gofman).

Sémiotique. Théorie des signes et de la signification (mise en signes).

La zoo-sémiotique décrit la syntaxe comportementale : organisation séquentielle de signaux variés, visuels (de couleurs et de formes), mimiques, chimiques odorants, tactiles et acoustiques. La sémantique de ces signaux pemet d'attribuer une cause à l'expression des signaux différenciés (J. Coulon). Exemple : l'organisation sonore du cri d'un macaque est différente selon que le prédateur est un aigle ou un léopard. La pragmatique de cette communication très organisée provoque chez le récepteur des réponses biologiques, émotives et comportementales parfaitement adaptées. Exemple : le cri annonçant les aigles provoque la plongée dans la savane. Alors que le cri annonçant un léopard provoque la grimpée dans un arbre.

L'espèce vivante la plus douée pour cette sémiotique est l'homme qui possède ces pré-requis biologiques, neurologiques (lobe temporal gauche) affectifs et culturels (la langue) pour le développement de cette aptitude.

Il s'ensuit que tout objet, tout acte, toute émotion de l'univers humain est infiltré par cette sémiotique qui transforme les choses matérielles en objets de signes.

Stress. Concept flou, donc beaucoup employé pour désigner la réaction biologique générale à une stimulation écologique, biologique, sociale ou signifiante particulière.

La psycho-immunologie, de développement récent (F. Villemain) permet de préciser ce concept et d'analyser chimiquement l'augmentation du cortisol sanguin, la modification des sécrétions d'immunoglobulines, la diminution de certains lymphocytes, en réponse à une agression du milieu.

Cette agression peut être biophysique (bruit, froid, faim), sociale (frayeur, surpopulation) ou signifiante (sonnerie aux morts, insulte).

Le récepteur dans l'organisme de cette modification biologique peut être le cœur (tachycardie, infarctus), le tractus digestif (colite, ulcère), les bronches (asthme) ou la diminution de résistance aux infections (bronchites, otites des enfants abandonnés).

Le traitement du stress peut être chimique (benzodiazépine simulant une molécule naturelle) ou le processus de familiarisation (qui constitue le tranquillisant le plus efficace).

Univers sensible. L'*Umwelt* des philosophes allemands est illustré par l'éthologie qui permet de comprendre à quel point chaque être vivant vit dans le monde qu'il perçoit et qui lui est particulier.

Mais ce monde perçu est un monde filtré par l'anatomie et le fonctionnement de ses organes sensoriels et de son cerveau déterminés génétiquement.

Le milieu dans lequel se développe un organisme façonne son appareil à percevoir le monde qui désormais, acquiert une aptitude à percevoir ce à quoi il est devenu sensible.

L'homme n'échappe pas à ces contraintes génétiques et épigénétiques, mais son historicité ajoute un filtre supplémentaire à sa manière d'organiser lui-même les objets qu'il croit percevoir passivement.

Voilà pourquoi ma commode Louis XIII possède une très grande valeur épistémologique.

17 575594

1 Les billets ne sont ni échangés, ni repris ni remboursés, même en cas de perte ou de vol. Leur revente est interdite (Loi du 27 juin 1919)

2 Les modifications du programme ou de la distribution, comme l'interruption du spectacle au-delà de la moitié de sa durée ne peuvent donner lieu à remboursement.

3 En règle générale, les accès sont fermés dès le lever de rideau.

- Le spectacle commence précisément à l'heure annoncée.
- 5 minutes avant le début de la représentation, les places numérotées ne sont plus garanties.
- Les spectateurs retardataires ne peuvent prétendre à des places réservées et ne seront introduits dans la salle qu'à l'interruption du spectacle, en fonction de l'accessibilité.

4 Il est interdit de photographier, de filmer, d'enregistrer.

5 Il est interdit de fumer

5 Les téléphones portables doivent impérativement être éteints

RICHARD GALLIANO

Exils

VEN 19 OCT 2018 - 20H30
ESPACE CULTUREL ANDRE MALRAUX

LE KREMLIN BICETRE
Mme Anne-Marie TEOH-MAZUBERT

Abonnement 3/4 TR 15,00 EU

KEMER15/09/18 22:01 36567 1-1039486 3-1039488 ID :156169

BIBLIOGRAPHIE

Dantzer R. : *Les émotions,* Presses Universitaires de France, collection Que sais-je ? numéro 2380, 1988.

Freys S. : *Décrypter le langage corporel,* CCRDA Maison Sciences de l'Homme, 1984.

Girard R. : *Des choses cachées depuis la fondation du monde,* Grasset, 1978.

Heymer A. : *Vocabulaire éthologique,* Paul Parey/PUF, Berlin-Paris, 1977.

Immelmann K. : *Dictionnaire de l'éthologie,* Pierre Mardaga, Bruxelles, 1990.

Laing R.D., Esterson A. : *L'équilibre mental, la folie et la famille,* Maspéro, 1971.

Mannoni P. : *La psychologie collective,* PUF, collection Que sais-je ?, numéro 2236, 1985.

Moscovici S. : *La machine à faire les dieux*, Fayard, 1988.

Watzlawick P., Weakland J., Fisch R. : *Changements, paradoxes et psychothérapies,* Le Seuil, 1975.

Bibliographie de Boris Cyrulnik

Livres principaux :

Mémoire de singe et paroles d'Homme, Hachette, 1983 et coll. « Hachette-Pluriel », 1984.

Sous le signe du lien, Hachette, 1989 et coll. « Hachette-Pluriel », 1992.

La naissance du sens, Hachette, 1991.

Les nourritures affectives, Ed. Odile Jacob, 1993.

Livres en co-auteur :

Le visage, sens et contresens (dir.), Editions Eshel, 1988.

Architecture et santé mentale (E.A. Sand dir.), Ed. université Bruxelles, 1982.

Les changements des modèles familiaux et le développement psycho-social de l'enfant, Club Européen de la Santé, 1985 ; *43 :* 189-372.

Sensibilisation à l'accueil en maternité. Sept. 1986, Sous-directeur de la maternité de l'enfance, Ministère chargé de la Santé et de la Famille.

La fille du boulanger (dir. Rufo M.), Privat, 1988.

Comportements et communication (sous la direction de Cl. Leroy), Medsi-Mc Graw-Hill, New York, 1989.

Articles

«Enfants poubelles, enfants déprimés», *Ligue française de l'Hygiène mentale,* 1990 ; 104-105

« Le placement, les institutions », C. R. E. A. I., Midi-Pyrénées, 14 novembre 1989.

«Ethologie de la naissance du père», *Devenir,* 1989, *1-4.* Editions Eshel.

«Autour de la naissance : l'attachement entrave de liberté», *Le Groupe familial,* 1985 ; *107.*

« Ethologie de la dépression », *Les Séminaires du GIRAD,* décembre 1988

"La dépression des nourrissons : modèle éthologique», *La dépression chez l'enfant* (sous la direction de M. Dugas), collection Médecine et Enfance, 1985.

TABLE

IMPRIMERIE HÉRISSEY À ÉVREUX (EURE)
DÉPÔT LÉGAL JANVIER 1995. N° 23086 (66973)

Collection Points

SÉRIE ESSAIS

DERNIERS TITRES PARUS

235. Quand dire, c'est faire, *par J. L. Austin*
236. La Méthode
 3. La Connaissance de la Connaissance, *par Edgar Morin*
237. Pour comprendre *Hamlet*, *par John Dover Wilson*
238. Une place pour le père, *par Aldo Naouri*
239. L'Obvie et l'Obtus, *par Roland Barthes*
240. Mythe et Société en Grèce ancienne
 par Jean-Pierre Vernant
241. L'Idéologie, *par Raymond Boudon*
242. L'Art de se persuader, *par Raymond Boudon*
243. La Crise de l'État-providence, *par Pierre Rosanvallon*
244. L'État, *par Georges Burdeau*
245. L'Homme qui prenait sa femme pour un chapeau
 par Oliver Sacks
246. Les Grecs ont-ils cru à leurs mythes ?, *par Paul Veyne*
247. La Danse de la vie, *par Edward T. Hall*
248. L'Acteur et le Système
 par Michel Crozier et Erhard Friedberg
249. Esthétique et Poétique, *collectif*
250. Nous et les Autres, *par Tzvetan Todorov*
251. L'Image inconsciente du corps, *par Françoise Dolto*
252. Van Gogh ou l'Enterrement dans les blés
 par Viviane Forrester
253. George Sand ou le Scandale de la liberté, *par Joseph Barry*
254. Critique de la communication, *par Lucien Sfez*
255. Les Partis politiques, *par Maurice Duverger*
256. La Grèce ancienne, tome 3
 par Jean-Pierre Vernant et Pierre Vidal-Naquet
257. Palimpsestes, *par Gérard Genette*
258. Le Bruissement de la langue, *par Roland Barthes*
259. Relations internationales
 1. Questions régionales, *par Philippe Moreau Defarges*
260. Relations internationales
 2. Questions mondiales, *par Philippe Moreau Defarges*
261. Voici le temps du monde fini, *par Albert Jacquard*
262. Les Anciens Grecs, *par Moses I. Finley*
263. L'Éveil, *par Oliver Sacks*

264. La Vie politique en France, *ouvrage collectif*
265. La Dissémination, *par Jacques Derrida*
266. Un enfant psychotique, *par Anny Cordié*
267. La Culture au pluriel, *par Michel de Certeau*
268. La Logique de l'honneur, *par Philippe d'Iribarne*
269. Bloc-notes, tome 1 (1952-1957), *par François Mauriac*
270. Bloc-notes, tome 2 (1958-1960), *par François Mauriac*
271. Bloc-notes, tome 3 (1961-1964), *par François Mauriac*
272. Bloc-notes, tome 4 (1965-1967), *par François Mauriac*
273. Bloc-notes, tome 5 (1968-1970), *par François Mauriac*
274. Face au racisme
1. Les moyens d'agir
sous la direction de Pierre-André Taguieff
275. Face au racisme
2. Analyses, hypothèses, perspectives
sous la direction de Pierre André Taguieff
276. Sociologie, *par Edgar Morin*
277. Les Sommets de l'État, *par Pierre Birnbaum*
278. Lire aux éclats, *par Marc-Alain Ouaknin*
279. L'Entreprise à l'écoute, *par Michel Crozier*
280. Nouveau Code pénal
présentation et notes de Me Henri Leclerc
281. La Prise de parole, *par Michel de Certeau*
282. Mahomet, *par Maxime Rodinson*
283. Autocritique, *par Edgar Morin*
284. Être chrétien, *par Hans Küng*
285. A quoi rêvent les années 90 ?, *par Pascale Weil*
286. La Laïcité française, *par Jean Boussinesq*
287. L'Invention du social, *par Jacques Donzelot*
288. L'Union européenne, *par Pascal Fontaine*
289. La Société contre nature, *par Serge Moscovici*
290. Les Régimes politiques occidentaux
par Jean-Louis Quermonne
291. Éducation impossible, *par Maud Mannoni*
292. Introduction à la géopolitique, *par Philippe Moreau Defarges*
293. Les Grandes Crises internationales et le Droit
par Gilbert Guillaume
294. Les Langues du Paradis, *par Maurice Olender*
295. Face à l'extrême, *par Tzvetan Todorov*
296. Écrits logiques et philosophiques, *par Gottlob Frege*
297. Recherches rhétoriques, Communications 16
ouvrage collectif
298. De l'interprétation, *par Paul Ricœur*
299. De la parole comme d'une molécule, *par Boris Cyrulnik*